CONTREPOINT

Titre original :
Contrapunt
© Anna Enquist / Uitgeverij De Arbeiderspers, Amsterdam, 2008

© ACTES SUD, 2010
pour la traduction française
ISBN 978-2-330-02694-3

ANNA ENQUIST

CONTREPOINT

roman traduit du néerlandais
par Isabelle Rosselin

BABEL

La femme au crayon, penchée sur la table, lisait une partition de poche des *Variations Goldberg*. Le crayon était en bois noir de qualité. Il était coiffé d'un embout argenté, où se dissimulait un taille-crayon. Le crayon était suspendu au-dessus d'un cahier vide. A côté de la partition étaient posés des cigarettes et un briquet. Un petit cendrier en métal, cadeau compact et brillant d'un ami, trônait sur la table.

La femme s'appelait tout simplement "femme", peut-être "mère". Il y avait des problèmes d'appellation. Il y avait beaucoup de problèmes. Dans le conscient de la femme, des problèmes de mémoire affleuraient. L'aria qu'elle examinait, le thème à partir duquel Bach a composé ses *Variations Goldberg*, rappelait à la femme des périodes pendant lesquelles elle avait étudié cette musique. Quand les enfants étaient petits. Avant. Après. Elle n'était pas à l'affût de ces souvenirs. Sur chaque cuisse un enfant, puis se débrouiller tant bien que mal, les bras autour de leurs corps, pour produire ce thème ; pénétrer dans la petite salle du Concertgebouw, voir le pianiste entrer sur scène, attendre le souffle coupé l'octave dépouillée de l'attaque – sentir le coude de la fille : "Maman, c'est notre air !" Ce n'était pas le moment. Elle voulait seulement penser à la fille. La fille quand elle était bébé, fillette, jeune femme.

Les souvenirs se racornissaient en des lieux communs grisâtres auxquels personne ne trouverait d'intérêt. Elle ne pourrait rien raconter de la fille, elle ne connaissait pas la fille. Alors tu n'as qu'à écrire pour en parler, pensa-t-elle, furieuse. Un mouvement de contournement est aussi un mouvement ; le négatif montre aussi une image. Quant à savoir si le silence est aussi musique, elle n'en était pas bien sûre.

Avant de s'asseoir à la table, elle avait lu un article sur l'expérience du temps dans une tribu indienne d'Amérique du Sud. Les gens de ce peuple considèrent que le passé est devant eux et sentent l'avenir dans leur dos. Leurs visages sont tournés vers l'histoire, ce qui doit encore arriver survient comme une attaque imprévue. Dans leur langage et leurs constructions grammaticales, on retrouve cette perception du temps, expliquait l'auteur de l'article. C'était un linguiste qui avait découvert cette curieuse orientation inversée.

La femme se dit qu'elle avait lu un jour la même histoire avec les Grecs de l'Antiquité dans le rôle principal. Malgré des années d'apprentissage de la langue et de la littérature grecques, elle n'en avait jamais rien remarqué. Peut-être encore trop jeune, à l'époque. Trop d'avenir, impensable de ne pas garder les yeux fixés dans cette direction.

La femme n'était pas encore vraiment ce qu'on peut appeler une vieille femme, mais elle était sans aucun doute déjà bien avancée vers la fin. Elle avait un ample passé.

Le passé. Ce qui est passé. Imaginons que, comme un Indien, on le regarde tout naturellement, on se réveille avec lui, on le traîne avec soi toute la journée, il se présente comme le paysage du rêve. Ce n'était pas si étrange, se dit la femme, en réalité il en était ainsi. Elle ferma les yeux et se représenta le futur sous la forme d'un homme se tenant derrière elle, qu'elle ne voyait pas.

L'avenir avait serré ses bras solides autour d'elle, peut-être posait-il même son menton sur ses cheveux. Il l'étreignait. L'avenir était plus grand qu'elle. S'adossait-elle contre sa poitrine ? Sentait-elle son ventre chaud ? Elle savait qu'il regardait avec elle le passé par-dessus son épaule. Etonné, intéressé, indifférent ?

En se sentant immensément concerné, du moins elle partait de ce principe, dans sa grande naïveté. Car, en définitive, il était son avenir à elle. Elle respira contre le bras droit que l'homme avait posé en haut de sa poitrine. Sur son cou, à vrai dire. S'il l'avait entouré d'un bras un peu moins crispé, elle aurait pu mieux respirer. Elle aurait pu parler.

L'avenir l'attirait contre lui, avec tant de force qu'elle avait dû faire un petit pas en arrière. Et encore un. Elle résista. Le passé devait rester proche, entièrement dans son champ de vision. La pression de ce bras devint désagréable, l'avenir semblait vouloir l'entraîner violemment, l'obligeait à reculer avec lui régulièrement dans un pas de deux presque élégant. Elle planta ses talons dans le sol. L'étreinte devint un étranglement, elle suffoquait dans les bras de l'avenir. Son nom est le Temps. Il va l'emmener loin de ce qui lui est cher, il va l'entraîner dans des lieux où elle n'a pas envie d'être.

Les percussionnistes étaient au conservatoire des étudiants à part. Ils logeaient dans une église en partie réaménagée, ils fumaient du tabac à rouler et commençaient tard. Quand ils participaient à la classe d'orchestre, ils se tenaient à distance des musiciens qui jouaient des instruments à cordes. Au fond de la scène, on aurait dit des ouvriers sur un chantier : monter des xylophones, suspendre des cloches à des supports, accorder des timbales aussi grandes que des baquets. Ils se déplaçaient en tennis et se lançaient à tue-tête des petites phrases incompréhensibles.

De nous tous, ce sont eux les plus doués pour subdiviser le temps, se disait la femme, à l'époque encore jeune, qui regardait au fond de la salle l'orchestre se préparer. Les percussionnistes ne font pas grand cas du temps, ils n'en font pas un problème philosophique. Ils écoutent la pulsation, ils produisent des rythmes à partir de là, ils traduisent ce qu'ils ressentent en mouvements. Leur activité consiste à attendre et à frapper, attendre et frapper, frapper.

La capacité à distinguer des schémas dans une série de signaux sonores exactement identiques est innée. Nous ne pouvons pas faire autrement. Structurer est une caractéristique de notre cerveau, elle nous est propre, c'est une stratégie de survie, une maladie. Nous transformons ainsi la soupe trouble, désorganisée, qui nous entoure en un décor reconnaissable et rassurant. Nous ne savons plus du tout que cela ne correspond à rien, que nous nous sommes nous-mêmes arrangés pour que ce soit reconnaissable et rassurant. On pourrait effectuer des recherches sur la relation entre les schémas qui servent à structurer et les traits de la personnalité. Pourquoi une personne entend-elle une mesure à quatre temps et une autre une mesure à six-huit ?

Pourquoi toutes ces idées lui passaient-elles par la tête ? Cela ne rimait à rien !

Il était question du temps qui, comme un amant impatient, la tirait par le cou, l'obligeait systématiquement à marcher à reculons pour que la vue sur ce qui appartenait au passé devienne de plus en plus floue.

Remonter le temps d'un grand bond, se dit la femme. Ou secrètement, dans un déguisement couleur de plomb, retourner en rampant dans un après-midi plein de chansons, de musique, un enfant à gauche et un enfant à droite. Voir alors ce tableau, aussi intensément que lorsqu'il s'était vraiment produit. Sentir, humer, entendre la même chose qu'à l'époque.

Cela ne marche pas, on ne ressent jamais la même chose. On peut bien sûr regarder en arrière ("regarder devant soi"), mais le temps qui s'est écoulé depuis, ce qui s'est passé dans l'intervalle colore la perception. Une chose ne peut jamais être la même à deux moments différents dans le temps, ne peut du moins plus être perçue comme "la même", parce que l'observateur a changé.

Tiens, prends les *Variations Goldberg*, par exemple. Tu joues l'aria. Mais non, pensa la femme, je ne jouerai jamais plus cette aria. Bon, mets-le au passé, tu as joué l'aria, cet air tranquille, tragique. C'est une sarabande, écoute, un rythme solennel et l'accent sur chaque deuxième temps, une danse lente, peut-être majestueuse. Tu jouais l'aria avec ardeur, avec passion, avec l'obligation d'un sans-faute. Les notes prolongées se multipliaient vers la fin en guirlandes de doubles croches, sans pour autant que la cadence perde de son sérieux. Tu ne cédais pas à la tentation de te mettre à jouer plus doucement, en chuchotant à la fin, de conclure par un soupir à peine audible. Non, même à l'époque déjà, tu laissais ces tristes festons aller *crescendo* au-dessus de la ligne de basse progressant tranquillement, il ne fallait pas se précipiter, et même plutôt ralentir imperceptiblement – mais le tout avec force. Jusqu'à la fin.

Après l'aria, Bach avait composé trente variations où il avait conservé le schéma harmonique, la succession d'accords de la sarabande. Cette ligne de basse formait la constante sur laquelle il avait peint des transformations prodigieuses. A la fin, l'aria retentissait de nouveau. La même sarabande, pas un son de plus ou de moins. Mais était-ce la même ? Oui, c'étaient les mêmes notes. Non, l'interprète et l'auditeur ne pouvaient balayer d'un revers de main les trente variations qui s'intercalaient entre la première et la dernière apparition de la sarabande. Même si elle était identique à la première, on entendait la deuxième aria différemment parce que quelque chose s'était produit dans l'intervalle. On ne pouvait pas revenir au moment où on n'avait pas entendu les variations.

Ah, comme elle avait envie d'étudier les *Variations Goldberg*, elle s'était empêtrée dans l'aria comme dans des filets. Ce n'est même pas la peine de commencer, avait dit le professeur, c'était tellement compliqué avec les mains qui se chevauchent, beaucoup de travail, peu de résultats. Choisis une belle partita, une jolie toccata, la fantaisie chromatique !

La femme s'était fait une raison, sans difficulté, c'était un conseil avisé et compréhensible. Mais aussitôt passé ses examens de fin d'études, elle avait posé la partition sur le pupitre.

Quand plus aucune pression ne s'impose en termes de temps et de performances, cela devient une question de discipline, que l'on ne peut nourrir que par la passion. Elle se pénétra de la musique, pour autant que ce fût dans ses possibilités à l'époque. Qu'a-t-on à son actif après une formation au conservatoire ? De la virtuosité, de la maîtrise de soi, un goût trop prononcé pour ce qui impressionne, pour les apparences. Pour ces variations, une nouvelle humilité s'impose, sauf qu'on ne pourra jamais les jouer par humilité. Une telle technique exige un sentiment de supériorité.

Qui dit technique dit dextérité, force musculaire, automatismes des gestes, agilité. En s'entraînant à ce genre d'affaire, on remplit ses heures facilement. On sent ses muscles, ce qui donne un sentiment de satisfaction. Le corps témoigne qu'on a fait bon usage de son temps. Ne lit-on pas, sur la page de titre des *Variations Goldberg, "Klavierübung*"*? C'est bien cela. La technique physique est à son apogée vers les examens de fin d'études. Jamais plus on ne sera en aussi grande forme.

C'est trompeur. La technique n'est pas seulement la maîtrise de ses muscles, mais aussi la maîtrise de ses réflexions. Il faut penser : entendre la conduite de la voix, prévoir le positionnement des mains et des doigts, anticiper le tempo, créer la dynamique et le phrasé. Une bonne partie de l'entraînement se déroule dans la tête. Cela nécessite encore plus de discipline que l'étude devant son clavier. Quand on est assis au piano, l'inertie du corps fait en sorte qu'on ne se lève pas, mais les pensées sont si légères, si brusquement changeantes qu'il est presque impossible de leur tenir la bride.

Elle avait été esclave du corps qui jouait lorsqu'elle avait étudié pour la première fois les *Variations*. Voilà pourquoi cela n'avait rien donné, du moins en dehors d'un exercice d'adresse. Elle travaillait sur l'édition de Peters et prenait les notes telles qu'on les lui présentait. Pendant sa formation, elle était parvenue à transformer en mouvement et

---

* En allemand dans le texte : "Exercices pour clavier". (*Toutes les notes sont de la traductrice.*)

finalement en son les partitions les plus bizarres et compliquées, par conséquent les positions bizarres sur le clavier provenant du fait que Bach avait conçu ses variations pour un instrument doté de deux rangées de touches ne pouvaient pas vraiment lui poser de problèmes. Pourtant, des problèmes se posaient. Quelle main devait se placer en haut, la main qui s'occupait de la mélodie ou la main qui jouait la deuxième voix ? Quelle était au juste la mélodie, et quelle était l'ornementation ? Dans la polyphonie, toutes les voix se valent. Le positionnement des doigts indiqué dans la partition ne lui apportait rien, car il était proposé par un vieux claveciniste qui avait ses préjugés et ses idiosyncrasies. Pensait-elle. Elle se le représentait, le virtuose imaginaire du clavecin. Un gros ventre serré dans un gilet guindé entièrement boutonné, des cheveux longs dans la nuque rabattus sur son crâne chauve. Un regard réprobateur dans un visage charnu. Encore avait-elle de la chance que ses propres doigts puissent se glisser entre les touches noires, ce qui permettait à une de ses mains d'appuyer en haut d'une touche blanche, tandis que l'autre travaillait plus bas sur la même touche. Certains pianistes, pour exécuter les *Variations Goldberg*, retiraient le panneau droit derrière le clavier. On avait alors une vue directe sur le mécanisme en bois brut de l'instrument, on voyait les marteaux bondir, frapper les cordes, redescendre. L'œil enregistrant ces mouvements avec un infime retard, on regardait ainsi le passé ; ce que l'on voyait venait d'arriver.

Il lui fallut quelques mois pour terminer les variations. "Terminer" signifiait en l'occurrence qu'elle pouvait tout jouer en lisant la partition. Cette partition spécifique où elle avait elle-même inscrit le doigté et les positions des mains. Avec une autre édition, elle aurait aussitôt pataugé et frappé à côté, perturbée et désorientée. Une faiblesse. Connaissait-elle vraiment les *Variations Goldberg*, ou connaissait-elle leur écho selon cette représentation des notes ? Lesquelles étaient les vraies, lesquelles étaient une copie, un moulage ? On pouvait se demander dans quelle mesure les variations s'étaient ancrées dans sa pensée, dans sa tête, dans son cortex cérébral. Au niveau de la moelle épinière, tout se passait comme sur des roulettes, un seul coup d'œil sur le papier déclenchait les mouvements bien rodés du bras, du poignet et des doigts. Mais parfois, elle ignorait quelle variation apparaîtrait quand elle tournerait la page et se laissait surprendre. Elle ne réfléchissait pas assez. Sans entendre la musique, elle était sans doute incapable de citer les variations dans le bon ordre. Le début certainement, la fin aussi, les cinq dernières environ. Entre les deux il y avait une bouillie, comme le prédit la psychologie de l'apprentissage. Etait-ce dû à cette période de sa vie ? Les enfants étaient petits et prenants. A tout moment, elle devait pouvoir quitter brutalement son tabouret de piano pour aller leur chercher à boire, leur lire une histoire, répondre à une question. Les moments où ils dormaient suffisaient tout juste à étudier un passage difficile, mais elle n'avait jamais le temps de tout reprendre d'un coup, de faire concorder les rythmes, de découvrir des ensembles plus longs. Oui, fais donc porter la responsabilité aux enfants. C'est elle qui ne s'y était pas mise sérieusement, elle s'était laissé guider par les notes et s'y était perdue.

Elle ne savait pas non plus grand-chose de Bach, à l'époque, bien qu'elle ait joué de lui des morceaux extrêmement difficiles, et pas qu'un seul. Du Bach des premiers temps, du Bach de la fin, Köthen, Leipzig, première femme, deuxième femme ?

Aucune idée. L'exécution *non legato* des notes rapides de la variation 17, avec douceur mais régularité, voilà ce qui l'intéressait. Elle avait étudié la transcription de Brahms pour la main gauche de la célèbre chaconne pour violon quand, pendant un certain temps, sa main droite lui faisait mal, mais les ressemblances entre ce morceau et les *Variations Goldberg* ne l'avaient pas frappée. Elle s'était absorbée dans les sauts et les trémolos.

Tout arrive deux fois, avait-elle lu récemment, la première fois sous forme de tragédie et la seconde sous forme de farce. Elle lisait trop, tout compte fait. On attribuait ces propos à divers philosophes. La femme à la table, la femme au crayon, ne se préoccupait pas de qui l'avait dit ; ce qui lui importait était de savoir si c'était vrai. Elle avait l'occasion de prouver ces propos, en tout cas en partie. Rien ne l'empêchait à présent, trente ans plus tard, de réétudier les *Variations Goldberg*. Comme une farce.

Elle hésitait. Elle feuilleta lentement la petite partition. Des groupes de trois, se dit-elle, et chaque groupe se compose d'un morceau "libre", d'un morceau virtuose et d'un canon. Ces canons lui paraissaient le fil conducteur guidant l'interprète à travers toute l'œuvre. Une voix imite l'autre, littéralement, dans le premier canon. Cela provoque une certaine exaspération. Sous la rivalité des deux voix gronde une basse agitée. Elle feuilleta la partition d'un canon à l'autre. Les voix s'éloignent de plus en plus, la deuxième voix répond avec un intervalle de seconde, puis, dans le troisième canon, avec une tierce d'écart. Ensuite les voix prennent de plus en plus leurs distances. Dans certains canons, la réponse est donnée sous forme d'une inversion, toute la mélodie est jouée sens dessus dessous. Plus loin, plus loin. Le canon à l'octave, les mêmes notes mais séparées par l'intervalle parfait. A la neuvième, pour la première fois sans basse, seules deux voix se contournent, leur point de départ affichant une différence poignante. Là où aurait dû se trouver le dernier canon, la trentième variation, elle tomba sur le curieux quodlibet, une composition à quatre voix tissée de divers fragments d'airs. Elle ferma la partition.

Elle voulait avoir une vue d'ensemble, cette fois. Une farce est plus difficile qu'une tragédie, disent les comédiens, qui sont bien placés pour le savoir. Elle devait se préparer convenablement si elle voulait se remettre à étudier cette œuvre. On ne se prépare pas à une tragédie, elle vous tombe dessus. N'avait-elle pas été heureuse la première fois où elle avait étudié la partition ? Quelle tragédie se cachait dans le tableau d'une jeune mère avec deux enfants en bas âge ? Peut-être que la tragédie résidait dans la violence de l'expérience. Le sentiment de cette maternité minutieuse l'avait entièrement absorbée. Elle s'y était dissoute, non, sa maternité s'était dissoute en elle, il n'y avait plus rien d'autre à côté, cela l'avait remplie jusqu'au bout des doigts avec lesquels elle jouait les variations à ses enfants. La tragédie ne laissait pas de place à la réflexion et interdisait la distance nécessaire à une vue d'ensemble. La tragédie est une vague qui vous emporte, un flux de lave, une tornade. Pour la farce, on prend place dans la cabine d'observation. On regarde, on compare, on s'assure de l'opportunité du moment. Voilà comme il fallait que cela se passe cette fois-ci.

Une étude comparative des textes. Avec cette absurde édition de Peters, elle n'y arriverait pas. Ce glissement agaçant des mains l'une sur l'autre simplement pour satisfaire aux exigences de la configuration des notes, elle n'en avait plus envie. Il devait être possible de permuter les voix, en jouant d'une main ce qui était noté pour l'autre. Cela devint le premier objectif : chercher une partition permettant de jouer avec une relative facilité. Pas de concessions, elle n'était pas là pour imiter un clavecin. On peut toujours jouer du Bach, il est universel et passe aussi bien sur une guitare que sur un accordéon ou un piano à queue.

Dans le magasin de musique, on ne comprenait pas de quoi elle parlait. Le vendeur fit surgir de derrière le comptoir une pile de versions des *Variations Goldberg* – un *Urtext* de Henle, la publication de Peters, l'édition Schirmer de Kirkpatrick. Elle emporta cette dernière chez elle, bien que Kirkpatrick fût claveciniste. Il était certainement mort. Elle se souvenait de son enregistrement des *Variations Goldberg* sur deux 33-tours. Années soixante. Le livre épais comportait pour moitié du texte, un texte indigné et réprobateur. Pourquoi, s'écriait le vieux maître du clavecin au désespoir, pourquoi personne ne savait-il qu'on commence TOUJOURS une appogiature par la seconde augmentée ? On le lisait dans tous les textes faisant autorité, il le disait lui-même depuis des années, et pourtant les gens continuaient de s'obstiner dans leurs erreurs. A propos de l'instrument, il avait aussi de sérieux avertissements à formuler. Le pianiste – un terme qui dans ce contexte semblait obscène –, le pianiste devait se rendre compte qu'il jouait une TRANSPOSITION. Il fallait laisser de côté les possibilités d'expression pianistiques, elles n'étaient pas adaptées et faisaient preuve d'un manque de goût. Elle en venait presque à avoir honte de son piano à queue, lourd, bruyant et ordinaire.

Sur le positionnement des doigts, Kirkpatrick avait aussi un avis, le pouce pouvait le cas échéant être placé sur les touches noires, Dieu merci, mais il ne donnait hélas aucun exemple dans la pratique. Son édition n'indiquait aucun doigté. Pas un seul. L'interprète devait en décider lui-même, écrivait-il, car "il n'y a pas de meilleur remède contre la paresse que le TRAVAIL".

Un achat purement masochiste, par conséquent. Si ce livre était tout de même dans son sac, c'était qu'il contenait, imprimées fin dans une encre grisâtre, des versions alternatives de certaines variations rapides. Dans ces alternatives, le positionnement des mains était modifié, exactement comme elle le souhaitait. Il était indiqué au-dessus des portées d'origine, de sorte qu'on pouvait suivre facilement la conduite de voix originale. Kirkpatrick l'avait fait, pour sa part, afin qu'il soit possible de jouer tel ou tel passage en déchiffrant la partition pour la première fois. Comme si quelqu'un pouvait jouer ces variations à première vue ! C'était une aubaine, cela tombait très bien. Copier, découper, jeter les portées initiales et coller les alternatives sur une feuille blanche. Concevoir le positionnement des doigts. Du travail.

Pour la femme à la table, l'étude du piano était plus un anesthésiant qu'autre chose. Elle devait se contraindre à garder une vue d'ensemble. Si tout ne se passe pas trop mal, se dit-elle, je dois pouvoir étudier les variations par petits groupes, pour la vue d'ensemble. Dix groupes de trois, cinq de six, trois de dix, deux de quinze. Et puis… le tout.

Et lis, pour une fois, un traité de musicologie sur l'œuvre, une biographie de l'auteur. Au lieu de te replonger dans *Le Naufragé* de Thomas Bernhard, où toutes sortes d'opinions et de faits concernant Glenn Gould – ou encore les sentiments que l'œuvre fait naître –, intéresse-toi au contexte, à l'origine de l'œuvre.

Qui l'a écrite ? Bach adulte, mûr. Le compositeur, l'époux, le père. A Leipzig, où il dirigeait un chœur de garçons indiscipliné et lamentablement mauvais. La femme avait visité la maison de Bach en face de l'église Saint-Thomas, elle avait fumé dans la cour intérieure, elle avait écouté des sons de clavecins qui s'étaient volatilisés depuis des siècles.

Pour qui l'avait-il écrite ? Pour son premier enfant, Wilhelm Friedemann, le fils aîné issu du premier mariage de Bach. Son préféré, son virtuose. Les variations lui donneraient l'occasion de briller dans ses nouvelles fonctions à Dresde. Bach y avait rendu visite à son fils en 1741. Avaient-ils dormi ensemble dans la même chambre, s'étaient-ils parlé dans l'obscurité, s'étaient-ils chanté des thèmes et des fragments d'airs ? Friedemann avait environ dix ans quand sa mère était morte, il était possible qu'il ait parlé d'elle à son père, avant que le sommeil n'ait de prise sur lui. Y avait-il des reproches ? Un an après la mort de sa femme, Bach s'était remarié avec une soprano de vingt et un ans, Anna Magdalena. Ils étaient partis avec toute la maisonnée à Leipzig, et tous les ans un enfant était venu s'y ajouter. Qu'en avait pensé Friedemann ?

La femme à la table songea à la chaconne pour violon. On dit que Bach l'a composée en souvenir de sa première femme. Comment pouvait-il, avec un chagrin aussi immense, s'amouracher d'une petite chanteuse ? Le chagrin avait-il disparu dans la chaconne, avait-il été libéré ? Il était en tout cas amoureux et avait écrit une musique simple, aimable, pour clavier à l'intention de sa nouvelle épouse, qui voulait apprendre à jouer du clavecin dans le petit livre de musique que son mari composait pour elle. Comme c'était touchant. L'homme qui avait conçu les *Concertos brandebourgeois* et *Le Clavier bien tempéré* écrivait de petits menuets et des gavottes pour sa jeune femme.

Et la sarabande qui deviendrait l'aria des *Variations Goldberg*, le germe d'où allait pousser l'ensemble des trente variations. Anna Magdalena en copia elle-même les notes dans son petit manuel. N'entendait-elle pas le chagrin dans cette mélodie simple ? Etait-elle sourde à ces huit dernières mesures, où l'auteur réprime son désespoir et essaie de rester debout avec ses dernières forces ?

Il devait exister une différence insurmontable entre Bach et sa deuxième femme. Elle, au début, se perdant dans une vie remplie de la musique la plus extraordinaire, évoluant dans la maison entre clavecins, altos, bibliothèques débordant de musique. Lui, fermement décidé à prendre un nouveau départ, mais les pieds encore englués dans le passé, sans doute rempli de reconnaissance – et d'un chagrin qu'il ne pouvait partager avec personne et ne laissait transparaître que dans la musique qu'il écrivait. Il connaissait la perversité traîtresse de la vie, savait que rien ni personne n'offre de protection contre la perte. On marchait en terrain connu quand soudain s'ouvrait un fossé où tout était englouti. Sans bruit.

Peut-être y pensait-il, allongé à côté de son fils à Dresde, écoutant sa respiration, gardant les yeux grands ouverts dans le noir. Peut-être que cela lui donnait le vertige, il ne parvenait plus à se figurer les dimensions de la chambre inconnue, qui sait, peut-être était-il allongé au bord d'un gouffre, allait-il basculer dans le vide silencieux dès qu'il se retournerait ? En sueur, le grand Bach était étendu dans un silence de mort sur son lit d'invité dans la ville de Dresde, privé de point d'appui et d'horizon.

La femme au crayon l'imaginait se contraindre à penser à ses variations. Il avait mis dans ses bagages, enveloppé dans de la toile, un bel exemplaire relié à relief doré. Demain, il le remettrait au prince ou au Grand Electeur ou peu importait le titre avec lequel l'homme que servait Friedemann souhaitait qu'on lui adressât la parole. Pour Friedemann lui-même, il avait apporté un exemplaire de facture plus simple. Les variations ! Dans le silence menaçant, Bach les avait reconstituées. Il les jouait, mentalement, au bon rythme. Il les enchaînait les unes après les autres, les voix s'amplifiaient dans sa tête et refoulaient le désespoir et l'angoisse. Il se racontait une histoire sans paroles et s'endormit juste avant la variation 16.

La femme soupira avec impatience. Elle en était encore loin. Enfiler les variations comme des perles, dans le bon ordre logique ; en attachant les deux arias identiques l'une à l'autre en guise de fermoir, le début dans la fin. Ou : la fin audible dans le début.

La seule issue était d'étudier. Se mettre en quête du moment où l'œuvre commençait à rétrécir, où le chaos de détails, la profusion étourdissante, cédait la place à l'ordre. Il fallait pour cela s'immerger obstinément dans les plus petits fragments. Il n'y avait pas d'autre issue. Ce n'est qu'une fois que l'ensemble, chaque note, aurait été médité au niveau le plus élaboré, maîtrisé, intégré dans la motricité – ce n'est qu'à ce moment-là que l'attention pourrait s'élever d'une marche et le champ de vision s'élargir.

Patience. Persévérance. Un jour, à un moment inattendu, la perspective s'ouvrirait et les variations se présenteraient dans une configuration si évidente qu'elle ne comprendrait pas comment elles avaient pu susciter en elle une telle confusion.

Voilà comment on pouvait esquisser une vie, pensa la femme. Elle dessina au crayon des cercles sur le papier, reliés par une ligne. La même harmonie dans des éventails toujours changeants de formes et de sons, qui finissaient par donner une image complète de ce qui s'était déroulé. Du passé qui s'étendait devant elle.

Il fallait qu'elle plonge dedans. Il fallait qu'elle ose, comme enfant on saute, avec un désespoir nonchalant, du haut du plongeoir pour la première fois. Dedans.

A la télévision était passée une émission sur Glenn Gould. Il avait enregistré deux fois les *Variations Goldberg*, au début et à la fin de sa carrière de pianiste. C'était la nuit. La femme, assise les jambes repliées sous elle devant l'écran, regardait le pianiste boursouflé, qui paraissait en mauvaise santé. Bientôt il allait mourir, la mort se dissimulait déjà sous sa peau, mais pour l'instant, mais encore, il s'inclinait profondément au-dessus du clavier. Ses grosses lunettes à monture noire touchaient presque l'ivoire des touches. Il était assis sur le bord d'un tabouret en bois délabré dont le siège avait disparu. Lors du premier enregistrement du morceau, en 1955, le tabouret était encore entier. C'était un jeune homme à l'époque, avec une masse de boucles et une chemise à carreaux. Naturellement, la maison de disques lui avait conseillé

23

pour ce disque – son premier – de choisir un morceau plus accessible, une musique que le public
reconnaîtrait et apprécierait aussitôt, une musique
plus facile à entendre. Il n'en avait pas été question, la tragédie allait s'accomplir et le jeune Glenn
Gould enregistra les *Variations Goldberg* dans les
studios de la Columbia à New York.

En écoutant les fragments enregistrés, il dansait
les yeux fermés dans la pièce, chantant, dirigeant,
accompagnant les lignes mélodiques par de grands
gestes. La femme en avait vu des photos. Innocence, naïveté, sérieux total. Face à un tel spectacle, on aurait pu hausser les épaules, éclater de
rire, secouer la tête en compatissant pour cette
personne qui se prenait tant au sérieux. Mais on
ne le faisait pas, parce que ce qu'on voyait était la
jeunesse même, le tragique d'être jeune. La réac-
tion qui s'imposait était un silence respectueux.

Les images du film qu'elle regardait avaient été
tournées vingt-sept ans plus tard. Vingt-sept ans.
Une vie entière, certes bien trop courte, dont le
pianiste avait manifestement épuisé toutes les res-
sources. Parfois ses mains tremblaient, il devait
s'astreindre, avec les dernières forces de sa volonté,
à rester dans le carcan du rythme adapté. Il gémissait. Il remuait les lèvres.

La femme regardait avec dégoût les images dif-
fusées. Elle avait posé la partition sur ses genoux,
pour suivre la musique pendant qu'il jouait. Le
pianiste savait-il qu'il allait mourir ? Il semblait
chercher à se libérer tant bien que mal de ce savoir. Son corps enflait, il se tortillait pour pénétrer
dans la musique, il bombait le dos pour exclure
toute autre réalité – les lampes, les techniciens, la
pendule. Faisant fi de tout, il formait un bouclier

face au monde, une coquille d'œuf où il était seul avec Bach. Pendant ce temps, on avait enregistré et mis en images et en son ce rapport intime, ce qui permettait à la femme devant l'écran d'en être témoin des années plus tard. Un spectacle obscène, vis-à-vis duquel on prenait ses distances par le fait même d'y assister. Une farce.

Il attaqua la vingt-cinquième variation, l'apogée dramatique de toute l'œuvre. Un adagio. Gould adopta le rythme le plus lent possible, il était encore tout juste capable de retenir les portées dans sa tête, toute cette misère était presque à l'arrêt.

Voilà le désespoir, se dit la femme, ce que je vois ici est quelqu'un qui sait et qui en même temps ne sait pas, qui ne sait pas quoi faire de ce qu'il sait, qui essaie de se cacher dans le manteau de désespoir taillé trop serré que Bach lui tend. Tiens, glisse tes bras à l'intérieur, je vais relever le col pour que le manteau tombe à la perfection aux épaules. Maintenant joue.

Il jouait. Il avait oublié l'assistance, les spectateurs pendant le temps que cela durait, et la durée n'avait pas de fin. La mélodie se perdait, le pied avait glissé de la pédale et il n'y avait plus de liens entre les sons qui, dans la tête de Glenn Gould, étaient solidement reliés entre eux. Il planait haut sur le tragique insondable de cet adagio, il ne construisait rien, il ne montrait rien, il n'interprétait rien. Il était prudent. Il pointait ses doigts effilés sur le clavier ; vite, bien trop vite, comme s'il n'en avait pas le droit, il appuyait sur les touches, d'un coup rapide, comme un oiseau les frappant de son bec. Pas de dynamique. Pas de ligne. Volontairement, il cherchait à morceler jusqu'au méconnaissable.

Avec des mouvements minimes de ses doigts, il toquait les touches une à une, à dix centimètres de distance de son visage. Sa bouche était légèrement entrouverte.

La femme avait honte d'assister à cette intimité qui aurait dû rester cachée aux regards. Personne n'avait le droit d'assister à un tel spectacle. Gould, désespéré, dans son union charnelle avec Bach.

Elle ouvrit le couvercle du piano à queue sans le fixer dans la position haute – elle ne voulait pas d'une gueule aussi béante d'où déborde un grand bruit –, mais dans la position la plus basse, pour que les cordes puissent respirer librement et que les sons ne restent pas prisonniers d'une boîte fermée. Lampe du piano allumée. Livre ouvert. L'aria. *Sol* majeur. "C'est notre air." La femme posa ses mains, les mains musclées où apparaissaient les veines, sur ses genoux et examina la configuration des notes.

Il y a des années, elle avait été l'invitée spéciale d'une émission de télévision populaire. Elle avait eu elle-même le droit d'inviter quelques personnes et elle avait fait venir un ami pianiste, qui venait de commencer à enregistrer sur CD toute l'œuvre pour piano de Bach. Le premier CD était donc tout juste sorti : les *Variations Goldberg*. Ils avaient discuté ensemble de ce qu'il allait en jouer pendant l'émission – un morceau virtuose, difficile, surprenant ? Non. L'aria. Un air qui plaisait à tout le monde.

La fille, venue assister à l'émission, était assise parmi le public dans les gradins escarpés. Elle portait un petit pull en velours orange qui avait autrefois appartenu à la femme. Elle avait lié connaissance avec les techniciens, le réalisateur et le présentateur de l'émission car, la semaine suivante, son chanteur préféré étant l'invité, elle avait envie d'y assister. La femme, la mère, assise de côté sur l'estrade, regardait le pianiste s'installer, se concentrer un instant puis jouer les premières notes de l'aria. Un silence tendu envahissait le grand hall d'usine transformé en studio. Elle regarda la salle et vit le visage de la fille, éclairé de la chaude lueur de la couleur de son pull. Les petites mains, la forte poitrine, les épaules étroites. Le visage.

Un aperçu des dents éclatantes derrière les lèvres légèrement entrouvertes, les grands yeux fixés sur le piano à queue au loin, les cheveux rejetés en arrière. La lumière caressait les cheveux fins sur ses tempes. Immobile, elle écoutait comme pour engloutir la musique. Elle a une faim saine, se dit la femme. Que ce soit les curieuses chansons du chanteur qui viendra la semaine prochaine, ou un chef-d'œuvre de Bach – elle y goûte sans préjugés et conserve ce qui l'émeut sans trop se poser de questions. Elle n'éprouve pas non plus le besoin d'exprimer trop de critiques, elle est trop jeune pour cela, ou trop bienveillante, ou pas assez amère. Quand une exécution est mauvaise, elle parvient toujours à entendre malgré tout la beauté de la musique, elle fait abstraction de toutes sortes de défauts. Elle les entend, elle sait exactement quand quelqu'un chante faux et pourquoi une interprétation est ennuyeuse ou affectée. De bonnes oreilles. Elles étaient à moitié dissimulées par ses cheveux souples, les petites oreilles parfaites de la fille.

Après les dernières mesures, elle inclina tout son torse contre ses cuisses – ses cheveux mi-longs tombèrent en avant –, puis elle se redressa et se mit à applaudir, un sourire radieux aux lèvres.

Avec lenteur, difficulté, la femme leva les bras. Elle appuya un instant les deux mains contre le pupitre comme pour empêcher sa tête de venir s'écraser contre les touches. Puis elle redressa le dos et positionna la partition de façon que la variation 1 soit placée exactement au milieu du pupitre. *Sol* majeur. La première danse.

Repas rapide, vaisselle entassée à la hâte dans l'évier, garçon installé dans la poussette – quand on le laisse marcher tout seul, il s'arrête partout, il se penche, intrigué, au-dessus d'une crotte de chien, il bondit pour arracher des baies de sureau dans un buisson –, il fait chaud, il fait encore jour, pas de problème de manteaux. Fermeture des fenêtres, où sont les clés ?

La fille traverse en dansant le jardin à l'avant de la maison et se chante doucement : "Trois oies, paille d'avoine, assises là, se lamentent." Elle porte une jupe ample à volants, rose et blanc. A ses petits pieds de solides sandales. Elle tourne vers la mère et le garçon un visage plein d'espoir. On y va, maintenant ?

Elles courent à toute vitesse le long des jardins. Derrière les fenêtres, les gens prennent leur repas. Ici et là, quelqu'un fait la vaisselle. Ils chantent tous les trois à gorge déployée la chanson des oies, la mère fait serpenter la poussette sur les pavés, au rythme lent de la mesure à trois temps de leur chant. Le petit garçon serre les poings autour de la barre de la poussette et imite une moto. La fille tient la poussette d'une main et zigzague en chantant pour accompagner les virages.

Ils passent devant des repères fixes. Le tulipier aux feuilles tronquées. Le jardin avec l'étang enjambé par le petit pont pour le facteur. Le chien méchant derrière une grille si basse que c'en est inquiétant. Un grand détour par l'autre côté. Le petit escalier avec un passage aménagé pour les chaises roulantes – quelque chose en vue, une voiture, un vélo ? Non, alors fonçons, pour remonter de l'autre côté de la route en profitant de l'élan. Voilà que l'ours tombe de la poussette, le garçon crie, comme il a une voix grave, incroyable d'entendre un enfant de trois ans émettre un tel son de basse. Elles s'immobilisent et la fillette retourne sur ses pas en sautillant pour ramasser l'ours perdu. Elle le coince soigneusement derrière le large dos de son petit frère, qui grogne de reconnaissance.

Il n'y a pas un souffle de vent. Des jardins émane une odeur de giroflée. La maison de la culture entre dans leur champ de vision, une construction grise au toit plat. Elle donne sur une place où ont été plantés de jeunes arbres il n'y a pas si longtemps, des troncs chétifs aux cimes modestes à travers lesquelles passe la lumière. De tous côtés arrivent des enfants, en groupes, certains accompagnés d'un père ou d'une mère. Le fils rugit avec enthousiasme en apercevant des connaissances et essaie de se mettre debout dans sa poussette. La fille montre sa jupe à une fillette un peu plus âgée, qui acquiesce avec admiration. "Qu'est-ce qu'elle est belle !"

La mère manœuvre la poussette pour franchir les portes grandes ouvertes. Elle libère le garçon ; il se met aussitôt à courir dans la salle grise, le long des chaises poussées contre les murs, en travers de la pièce, sur le linoléum gris. Il porte l'ours sous le bras, bien serré.

Ce sont surtout des filles qui participent aux groupes de danse folklorique, à partir de six ans environ. Les plus grandes en ont peut-être neuf.

Elles se tiennent regroupées devant l'animatrice, une femme d'une trentaine d'années portant une longue jupe et les cheveux tressés dans le dos. La mère, méfiante vis-à-vis des amateurs de danses folkloriques et des défenseurs de la "culture populaire", regarde d'un œil critique le visage de la prof – sans aucun maquillage, naturellement, mais pas non plus une frimousse au teint vif, respirant la santé, fort heureusement. Plutôt un peu pâlotte, fatiguée, mais se ranimant face à l'intérêt témoigné par les enfants.

La prof tripote un grand magnétophone. "Nous allons nous changer, dit-elle, pour la danse des sabots." Elle sort de petites coiffes et des foulards à carreaux d'un sac-poubelle.

"Les sabots, maman", dit la fillette. Elle s'appuie contre les genoux de la mère, s'assied ensuite par terre pour retirer ses sandales. Pieds nus, elle se dirige vers son frère, qui regarde ébahi les filles se déguiser. Elle pose un bras sur la nuque solide du garçon. "Quand tu auras quatre ans, tu pourras venir toi aussi. C'est bientôt, tu sais."

La mère a sorti les sabots et les chaussettes de son sac. Elle enfile au garçon une vieille veste de chasse rouge vif et lui met sur la tête la casquette de la panoplie de contrôleur. Elle veut qu'il sache qu'il fait partie du groupe, même s'il n'a pas le droit de participer. Le magnétophone diffuse une musique de danse rythmée assourdissante.

"Avec sa partenaire, dit la prof, les mains sur les épaules de l'autre."

La fille danse avec sa voisine. La prof lui a mis une coiffe qui s'attache avec un ruban sous le menton. Un tissu noir à fleurs. Tous les cheveux sont rangés à l'intérieur et, sur le front, le tissu se termine par une pointe. Le petit visage rond de la fillette est tendu tant elle est grave. Les yeux sont dirigés vers la prof ; la jambe droite, avec le sabot noir ouvragé, est légèrement levée pour le premier pas.

La mère prend le fils sur les genoux. Ils regardent les fillettes tournoyer et tapent dans les mains au rythme des claquements de sabots. Les enfants font des rondes deux à deux, se lâchent pour s'écarter et former un grand cercle, dansent de côté pour se rapprocher de nouveau, les mains sur les hanches, clac-clac les sabots.

Voir son enfant se mouvoir dans le monde en dehors du cercle familial suscite des sentiments mêlés. Cela ne va pas, se dit-on, on danse dans le salon, comme autrefois quand elle était bébé et que je la tenais dans les bras, la faisant voltiger à travers la pièce. Pas avec des étrangers, pas sous la direction d'une autre qui la connaît à peine. Est-elle armée ? Les enfants inconnus peuvent insulter, harceler, une nouvelle prof peut distribuer des tâches idiotes. Peut-elle alors dire non, se détourner ? Est-elle intimidée par le regard de l'autre, n'osera-t-elle plus danser, aura-t-elle envie de pleurer tant elle sera gênée et mal à l'aise ? Comment un enfant peut-il supporter que les choses et les gens et la musique soient différents de chez lui ? C'est à la mère de préparer l'enfant à un comportement double : curieux et vigilant, prêt à s'abandonner et méfiant. S'y est-elle prise correctement ?

La fille à la coiffe pudique danse. La mère la voit sourire un instant tandis qu'elle repart en sautillant, après une figure, vers la petite voisine. Elle danse parfaitement en rythme. "C'est l'autre jambe !" dit-elle quand sa partenaire se trompe. A la prochaine séparation chorégraphique, les deux enfants se font un petit geste de la main avant de replacer les deux mains sur les hanches. Elles s'entraînent à une nouvelle série de mouvements. Le bras passé dans celui de l'autre, un tour complet, un claquement du pied extérieur. Immobile, l'autre bras, dans l'autre sens, l'autre sabot. Comment est-ce possible, se dit la mère, ma fille danse la danse des sabots, c'est en train de se produire et nous la regardons.

Soudain tout est fini. Les enfants se regroupent autour de la prof pour rendre leurs foulards et leurs coiffes. Je dois en défaire le nœud, pense la mère, qui s'apprête à se lever. Puis elle voit la petite voisine poser tendrement sa main sur la tête de la fille, lui parler, ses lèvres remuent. Elle défait le nœud et soulève avec précaution la coiffe de la tête de la fille.

Voir que l'enfant s'en sort dans le monde, qu'elle peut éprouver du plaisir, qu'elle peut s'absorber dans quelque chose. Qu'elle est capable de susciter chez des personnes de l'extérieur de la compréhension et de l'attendrissement. Qu'elle devient une personne autonome, à l'extérieur des murs de la maison. La mère cache son visage derrière le dos du garçon.

*

Vingt-cinq ans plus tard, la mère regarde, les lèvres serrées, la variation 1. "Tu vas arriver à les jouer sans problème, avait dit l'ami pianiste. Tu devrais recommencer à les travailler, cela va te faire du bien."

Ta-ta-taaa, avait-elle pensé avec sarcasme. Peut-on penser avec sarcasme ? Elle oui. Jouer une danse, ces élégants sautillements à trois temps, était une véritable épreuve. Cela ne devenait authentique que si on en faisait tout un plat. D'abord juste les notes, sans pédale, lentement. Ce n'était déjà pas si simple, c'était bien plus difficile qu'il n'y paraissait. Les traits de gammes alternaient avec les accords arpégés, la main devait se distendre puis soudain de nouveau se contracter. Irritant.

A la contrariété due aux problèmes physiques, techniques – elle se trompait si souvent qu'elle craignait que les erreurs ne finissent par se graver en elle – venait s'ajouter l'agacement que provoquait la gaieté enfantine de cette musique ressemblant à une polonaise. Les souvenirs l'assaillaient par vagues d'une forte intensité. Comme quand, assise derrière son violoncelle en face de la fille, elle avait joué rythmiquement la basse pendant la danse joyeuse que la fillette jouait sur sa flûte. Cela se faisait naturellement, l'accent sur le premier temps, l'attente à peine perceptible à la fin de la mesure, comme si elles étaient sur le point de chanceler, retenant un instant leur souffle avant de passer à l'étape suivante. Elles n'avaient pas besoin de se mettre d'accord à l'avance, la discussion se déroulait uniquement à travers la musique. Il suffisait que l'une joue une fioriture improvisée, une articulation non notée, pour que l'autre la reprenne. D'elle-même.

Elle secoua la tête comme si elle s'était lavé les cheveux, les souvenirs volèrent comme des gouttes d'eau de tous côtés. Variation 1. Elle jouait avec rigueur, maîtrise, un peu plus lentement que le rythme normal. A mesure qu'elle jouait, la musique devenait une coque solide autour d'un noyau brûlant de colère. La gaieté se transformait sous ses mains en ce qui aurait pu passer pour du cynisme. Cette première variation offrait un choix : s'abandonner à la gaieté naïve, contagieuse, ou s'en distancier, avec méfiance. Elle opta pour le second choix. Son interprétation était une métapolonaise glaciale, un commentaire glacial sur la danse.

A la fin du morceau, les mains se rapprochaient, un arpège simple en sens contraire, se terminant sur une seule touche. Il se refermait. Le visage de la fille se présenta devant elle, six ans, les yeux clos sous une petite coiffe noire, s'abandonnant au geste doux de la petite voisine.

Furieuse, la mère joua la polonaise austère, rigide.

On pouvait se laisser aveugler par une admiration inconditionnelle pour Bach, pensa la femme. Dans ce cas, la deuxième variation était charmante. Apaisante aussi, ces deux voix qui s'entremêlent, comme deux violons soutenus par un violoncelle. Trois amateurs enthousiastes aux cheveux gris pouvaient éprouver un grand plaisir à la jouer ensemble, avant de dévisser le bouchon d'une bouteille de vin du Rhin.

Pour sa part, elle la jouait seule. La voix du haut un peu plus forte que celle du bas, les triples accords descendants *decrescendo* pour éviter de mal placer les accents. La basse tantôt détachée, tantôt liée. Toujours les mêmes lignes mélodiques, on aurait dit un canon. Bientôt allait venir un autre canon, un vrai, la variation 3. Comment cela, une variation ?

Dès les obstacles techniques franchis, elle commença à s'ennuyer démesurément. Quel ennui ! Quel horrible ennui !

Un tel ennui que, tandis qu'elle jouait, elle pouvait penser à tout autre chose. Au concept d'ennui par exemple, à son utilité et sa nécessité. L'ennui avait indéniablement un côté agréable, il offrait une certaine prise, une protection face à la confusion. Grâce à l'ennui, on pouvait être surpris, il suffisait de penser à cette unique et soudaine déchirure dans la couche de nuages pendant toute une journée où le ciel est couvert. Dans un monde ennuyeux, on savait où on en était, et parfois on en avait vraiment besoin.

Les gens pouvaient aussi concevoir l'ennui comme le fait de ne pas avoir à s'enthousiasmer, de ne pas faire des choses étranges, dangereuses. Y a-t-il un âge pour l'ennui ? Les vieux se sentent-ils ennuyeux parce qu'il n'y a rien à attendre ? Les adolescents ne se trouvent pas ennuyeux, mais ils vivent leur expérience du monde comme étant ennuyeuse, pour se protéger de la passion. La jeune mère qualifiait sa vie d'ennuyeuse, s'il fallait la décrire, mais ce n'était pas son ressenti. Ce n'était qu'un mot. Sa journée était monotone, mais cette monotonie était riche en expériences. Elle n'avait d'ailleurs pas le temps de s'ennuyer, avec de très jeunes enfants à la maison.

C'était un mot étrange, il faisait penser à autrui et appui, des mots qui indiquent une relation et un mouvement, alors qu'ennui paraissait si silencieux, si seul. Peut-être que l'ennui était effectivement un voile au-dessus de pensées et d'événements palpitants, indicibles. D'ailleurs, cette musique semblait aussi dissimuler un secret. On le percevait à peine, les soupçons, au lieu d'être contredits, étaient éveillés – jusqu'aux traits de sixtes mortellement ennuyeux et à la morne mesure finale enfouissant tout espoir sous terre.

Elle appuya sur la pédale de gauche et recommença la deuxième partie en chuchotant, de façon à peine audible, jouant la basse *staccato*. C'était une vraie contrainte de maintenir le son si bas, mais il le fallait. Elle sentait une profonde répugnance à l'idée de produire une forte intensité sonore dans cette variation.

*

La fille a eu vingt-sept ans. Une jeune femme, qui a fini ses études depuis un an déjà mais se montre réticente à s'acheminer vers l'âge adulte. Pas d'ami avec qui elle pourrait souhaiter avoir des enfants, pas de maison avec jardin et remise à vélos, pas d'emploi qui pourrait ressembler à un début de carrière.

Tôt le matin, elle enfourche son vélo et se rend jusqu'à un feu rouge situé sur le boulevard de ceinture, où elle a donné rendez-vous à l'ami d'enfance. Ils se connaissent depuis la maternelle. Ils travaillent tous deux dans de grands bureaux à l'ouest de la ville. C'est une agence de travail intérimaire qui les a placés là-bas, eux-mêmes ignorant qu'il puisse exister pareille chose. Ils n'ont pas le plan de la ville en tête et pédalent d'un lieu qu'ils connaissent à un autre : le Concertgebouw, la porte de Haarlem, le Westerpark. Puis ils doivent se repérer dans une jungle de verre, d'acier et de pierre. Ils refusent de regarder sur une carte, ils ne veulent pas savoir où ils vont chaque jour, c'est trop affreux, ce n'est que provisoire.

En chemin, ils bavardent. Derrière ses verres de lunettes, le jeune homme lance un regard en biais à sa compagne de vélo, il voit vaguement les mouvements de ses yeux et de ses lèvres, comme à travers une lentille mal réglée. Il roule à sa droite, à côté de sa main droite qui parfois lâche le guidon pour faire un geste en l'air.

"Pour mon anniversaire, le mois dernier, j'ai offert des sucettes, dit-elle. Les sucettes, ils aiment ça. Une femme là-bas a acheté des lunettes avec une branche porte-sucette. Nous sommes tous dans une grande salle avec de petits bureaux. J'ai en fait strictement rien à foutre, les autres non plus.

Je crois. Pourtant tout le monde est débordé. Il faut que je prépare une grande opération : le Nouveau Logo. Ça fait des mois qu'ils s'en occupent. Des réunions, là je n'ai pas le droit d'y assister, mais ils m'envoient le compte rendu. Par mail. Et l'équipe Crea me l'envoie aussi. Et il faut le mettre sur les tasses de la cantine, disent-ils. Ça n'arrête pas, c'est sans fin. Il faut que je prenne cette histoire au sérieux, sinon c'est à pleurer, non ? Mais je trouve que cela n'a aucun sens. Je ne connais même pas le logo précédent, le vrai nom de là où je travaille."

Ils se taisent. Ils tournent au niveau d'un arrêt de bus, pour entrer sur le terrain de l'entreprise.

"Un jour il fallait que je passe une visite médicale, pour mon service militaire, dit soudain le jeune homme. C'était quelque part par ici, j'avais le papier avec l'adresse dans ma poche. En plus j'avais fait exprès de partir tôt. Mais ça n'a servi à rien, je n'arrivais pas à trouver l'endroit. J'ai cherché toute la matinée. Et j'ai fini par repartir. En bus.

— Ceux qui travaillent vraiment ici, ils savent s'y retrouver. Ils s'attachent même à l'endroit ! Ils connaissent tous les bâtiments. Les gens dans mon bureau travaillent ici depuis des années. Tous les jours la même chose, même quand ils font leur entrée dans le bureau. Quand un employé arrive plus tard qu'un chef, ils font claquer leur langue et indiquent leur montre. Ils sont si différents de ce à quoi j'ai été habituée qu'il ne me vient même pas à l'idée de me demander s'ils sont gentils ou non. Mon chef de service est un connard, en revanche. Quand je n'arrive pas à récupérer une pièce jointe, il me dit : «On ne t'a pas appris ça à l'u-ni-ver-si-té ?» Il veut que je rembourse de l'argent parce que je ne savais pas qu'il faut pointer quand on va déjeuner. Ce genre de choses, et on finit par s'énerver pour ça. Des problèmes cosmiques.

Ce que je dois faire tout à l'heure, je l'aurai bouclé en une demi-heure. Après, je regarde ce qu'il y a sur le bureau de tout le monde. Les chaussures qu'ils portent. Qui recherche le contact avec qui. Puis j'envoie des mails à mes amis pour le leur raconter. C'est interdit, mais ils le font tous.

Tous les jours, ils s'occupent fanatiquement de ces problèmes. Quand allons-nous introduire le nouveau règlement pour le garage à vélos ? Où allons-nous aller cette année pour la sortie de l'entreprise ? Et si nous décalions la pause café d'un quart d'heure ? Là, à côté de cette poubelle orange, il faut qu'on tourne à gauche. Et toi il va falloir que tu prennes cette rue transversale tout à l'heure."

Sa queue de cheval saute de haut en bas quand elle accompagne ses propos par des hochements de tête.

"Il y a un gars, j'écris pour lui les articles destinés au journal de l'entreprise, lui il est adorable. Le week-end, il va avec sa femme et ses enfants dans une petite maison dans des Center Parcs. Quand on a eu une journée de la solidarité, c'était la semaine dernière, nous nous sommes enfuis ensemble sur un tandem. Nous sommes allés faire du vélo et fumer quelque part dans les bois. Avec lui on peut parler, avoir une conversation, être sur la même longueur d'onde, je veux dire. Saisir ce que dit l'autre. Les autres, je ne comprends tout simplement pas leur humour. Je ne sais pas ce qui leur plaît, sauf ces sucettes. Je ne sais pas comment ils peuvent supporter d'être dans cette salle avec leurs problèmes cosmiques."

Au croisement, ils s'arrêtent.

"Ce con, qui veut que je rembourse ces heures, il passe ses après-midi à se plaindre : «Qu'est-ce que je m'ennuie, racontez-moi une blague, faites un truc rigolo, soyez sympas.» Tout le bureau se colle aussitôt à son écran. Personne ne dit rien. S'il recommence cet après-midi, je vais sauter sur la table et me mettre à chanter. Il faut juste que je réfléchisse à la chanson que je vais choisir.

Autrefois à l'école, je me disais parfois : Ça, c'est ce qu'il y a de plus ennuyeux. Tu te souviens, quand on n'arrive vraiment pas à garder les yeux ouverts, quand on a envie de poser la tête sur la table ? Mais ça, c'est encore pire, c'est le summum de l'ennui. Cela ne peut pas être pire.

— Une journée de la solidarité ?

— Oui, enfin, voilà, on se met en cercle puis on doit se laisser tomber les yeux fermés. En leur faisant confiance pour te rattraper. Et faire un puzzle tous ensemble sans parler.

— Et ça a marché ?"

Elle réfléchit. Les muscles de son mollet sont tendus, elle touche le trottoir de la pointe de son pied chaussé d'une nouvelle tennis grise.

"En fait oui. A bien y réfléchir. Sur le chemin du retour, on a crevé un pneu. Nous étions cinq dans la voiture. Sur la bande d'arrêt d'urgence, on retire la roue, on cherche la nouvelle, on visse – cela s'est fait tout seul, en douceur. Presque sans parler. J'étais debout à regarder, à une certaine distance. C'était déjà le soir, le soleil se couchait et des voitures passaient à côté de nous en faisant un bruit assourdissant. Je me suis dit : Qu'est-ce que je fais ici ? Ils changent une roue, je vois leurs dos nus au-dessus de pantalons qui ne leur vont pas, tout cela m'est égal et pourtant je reste là à regarder. Je n'étais même pas énervée. J'ai regardé, cela se déroulait, lentement, comme une cassette vidéo au ralenti.

— Allez, on va être d'attaque aujourd'hui ! Je te vois à cinq heures ?"

Le jeune homme part sur son vélo, il lève la main sans se retourner avant de disparaître au coin de la rue.

Je vais écrire des phrases très ternes, se dit-elle, pour la brochure interne sur le nouveau règlement, de longues phrases ennuyeuses qui contiennent toujours la même chose jusqu'à ce que le nombre de mots requis soit atteint. Des phrases prudentes qui ne suscitent pas de remous, des phrases qu'on aurait aussi bien pu ne pas écrire. Mais je vais le faire. Puis je vais envoyer des mails à mes amis pour leur dire que je vais faire une fête à tout casser ce week-end, et je vais leur demander qui veut se joindre à moi.

Elle regarde par-dessus son épaule pour vérifier si la voie est libre et elle accélère le mouvement pour se rendre à son bureau. Plus de deux heures avant la pause café.

VARIATION 3,
CANON À L'UNISSON

Symbiose. Ce mot exprimait le mieux ce que ressentait la femme quand elle portait encore la fille en elle. Le partage d'une circulation sanguine, d'une régulation thermique, d'un réglage des flux. Sentir chacune les mouvements et les changements de position de l'autre et, à peine consciemment, en tenir compte. Maintenant je m'occupe de mon enfant, s'était dit la femme, mieux et plus naturellement que je ne le ferai plus tard. Et plus facilement, cela se fait tout seul. Nous chantons le même air, à l'unisson. Si seulement cela pouvait durer.

La naissance est-elle aussi un événement qui se produit deux fois ? On met au monde un enfant, c'est une tragédie. Une petite vingtaine d'années plus tard, on expulse sans enthousiasme de la maison parentale la jeune femme devenue adulte : une farce. Entre-temps, les lignes mélodiques ont divergé et il n'est déjà plus question depuis longtemps d'un chant monophonique parfait. Comment cela se passe-t-il, comment est-il possible de souhaiter rester proches et de s'écarter pourtant toujours plus ?

C'était bien entendu la faute du gynécologue, un remplaçant arrogant, désagréable, de son médecin habituel. Il avait violemment extrait d'elle l'enfant. Contre son gré. Soudain, la salle d'accouchement, avec ses appareils intimidants, avait paru non pas salvatrice, mais destructrice, la lumière vive une mise en garde contre ce qui se passait dans le monde. La femme, épuisée après des heures de douleur et d'inquiétude, s'était ravisée et ne voulait pas accoucher. L'enfant serait bien mieux en elle.

"C'est comme le couvercle d'un pot de confitures, avait dit le gynécologue en agitant un objet argenté. Je le place sur la petite tête, nous créons le vide et je tire votre enfant à l'extérieur. Vous devez participer parce qu'il faut que cela se fasse maintenant."

Elle avait eu la vision d'une table dressée pour le petit-déjeuner dans une maison de campagne de la région de la Veluwe. Des ronds de serviette en os et des couvercles d'argent sur les pots de confitures, avec une encoche pour la longue cuillère. Le gynécologue, en petit garçon déjà totalement affecté, installé devant la table sur une chaise haute. Participer, ça jamais. Il lui fit une encoche à elle, simplement, sans anesthésie, avec des ciseaux. Elle avait tout subi, stupéfaite et abattue. A la fin, elle était convaincue qu'elle allait mourir sur la table de travail. Cela suffisait comme ça ; allons-y, pensa-t-elle. L'enfant ne veut pas, moi je ne veux pas – et pourtant cela arrive.

Avait-elle eu l'impression de reconnaître l'enfant quand on la lui avait posée sur la poitrine ? Non, c'était plutôt une réunification naturelle. Elles étaient à nouveau ensemble après un affreux intermède où des étrangers avaient tenté de les séparer. Maintenant la fille souffrait et elle, la mère, souffrait. Elle tenait le bébé fermement, essayant de retrouver le rythme commun. Elle était furieuse contre le médecin, les infirmières, et même le père. Contre tout le monde qui avait trouvé l'expulsion normale et inévitable. On aurait pu croire qu'elle en aurait voulu à l'enfant, la cause de toute cette angoisse et de cette douleur, mais non. L'enfant à la trace rouge laissée sur le crâne par la ventouse était son point d'appui, le seul être dans cette chambre infernale en qui elle avait confiance. L'enfant ouvrit les yeux et la regarda. Oui, pensa la mère, oui, toi.

Différences de température, linges, aérosols de liquides désinfectants s'interposent entre mère et enfant. Une alternance s'instaure entre faim et assouvissement, ce qui s'est fait naturellement n'existe plus, rien ne va plus de soi, il faut se donner de la peine pour parvenir à cette situation. Cette situation n'est plus une caractéristique permanente de la double unité, elle est évincée par d'autres situations pendant lesquelles l'enfant est allongée seule dans un berceau et la mère sanglote sous la douche. Quand l'enfant pleure, il arrive parfois que les tentatives de rétablir la double unité ne réussissent pas, que malgré les bras, les bercements et les chants, le mécontentement subsiste, l'enfant vire au rouge et les protestations continuent d'affluer de la petite bouche édentée. Une nouvelle inquiétude surgit : est-ce qu'elle va bien ? Boit-elle suffisamment, prend-elle du poids, a-t-elle la mine qu'il faut, la bonne température ? Les médecins et les infirmières de passage s'occupent de ce qui a appartenu à elle seule, et elle tient compte en plus des conseils que prodiguent les articles de journaux et les herboristes. Cela fait mal. Cela fait mal, mais on s'y habitue. La transition devient habituelle. Une pomme coupée au milieu, se dit-elle, dont on appuie les deux moitiés l'une contre l'autre, légèrement décalées. Globalement, nous avons un bon contact, mais il existe des rebords sans protection qui font que nous nous retrouvons soudain seules sans trop savoir comment nous en sortir.

La paix survient au bout de quelques semaines. La distance minime permet de se sourire. L'enfant ferme les yeux en deux petites fentes et ouvre grande la bouche en une adorable grimace. L'enfant arrête de pleurer dès qu'elle entend la voix de la femme. L'enfant s'adapte au monde. Cette prise de conscience angoisse parfois la femme. Ce que je fais, ce que je suis devient pour elle la norme. C'est ainsi, pense l'enfant. Enfin, elle ne pense pas encore, mais elle ressent, elle observe et retient. Et ce qu'elle observe est encore presque entièrement déterminé par la mère. L'odeur dans la maison, le son de la musique, l'attente avant d'avoir une couche propre. Terrifiant.

L'enfant semble l'aider par la joie avec laquelle elle participe à tout ce qui se passe, et sinon par l'évidence avec laquelle elle manifeste sa contrariété quand quelque chose ne lui plaît pas. Un jeu se crée entre les deux êtres qui autrefois étaient un. L'enfant suit la mère avec une énorme concentration et réagit à chaque fluctuation de la voix, à chaque geste. La mère regarde avec exaltation son enfant et s'accroche à chaque mouvement, à chaque changement d'orientation de son regard. La mère accompagne l'entrée que fait l'enfant dans le monde de la perception par un flot incessant de paroles. L'enfant assure la mère de la fiabilité de leur collaboration par sa petite respiration rapide la nuit. C'est ainsi, pense la femme, un fossé, un petit fossé est apparu et nous y sommes habituées. Le fossé va se creuser et s'agrandir, il ne peut en être autrement. La capacité d'adaptation va s'étendre jusqu'à l'extrême. Nous pouvons à présent nous tenir mutuellement au-dessus du fossé, par des sons et des regards – de même que nous pourrons aussi, plus tard, trouver des moyens de nous rejoindre au-dessus de plus grandes profondeurs.

C'est la nuit. La femme a nourri et nettoyé l'enfant. La petite fille a posé sa tête sur l'épaule de la mère, qui serre le petit corps souple, satisfait, contre sa poitrine. Comme un très jeune enfant se blottit parfaitement, facilement contre le corps de sa mère. Elle renifle l'odeur de la fille et porte son enfant vers la fenêtre ouverte. Elle la berce doucement et chante une chanson sur les étoiles, le ciel noir, la lune. L'enfant dort.

*

Un canon se compose de deux, trois voix ou davantage, qui chantent toutes le même air mais commencent à différents moments. La forme ressemble à une fugue, mais elle est bien moins libre. Certes, les voix d'une fugue se répètent pour ce qui est du thème et du contre-chant, mais elles évoluent entre-temps à leur manière. Une voix de fugue a de la fantaisie et elle est capricieuse ; elle chante tout d'un coup le thème deux fois plus vite ou plus lentement, ou sens dessus dessous, comme cela l'arrange. Elle peut entamer le thème vigoureusement, mais soudain l'abandonner pour se mettre à chanter autre chose. Ce n'est pas le cas de la voix d'un canon. Elle est liée à l'air, va aussi vite ou lentement que le prescrit l'indication de la mesure et ne s'écarte pas.

Bach, le plus grand compositeur de fugues, adorait les canons. Plus les règles étaient strictes, plus il prenait du plaisir. Un canon était un défi qui lui procurait plus de joie que de souci. Il a conçu des canons où les voix chantent leur réponse en mouvement contraire ou encore où la réplique est donnée à partir d'un autre intervalle, ou les deux. Avec autant de voix qu'il le voulait, afin que le canon une fois bien engagé, telle une horde sauvage de sons, pénètre en dansant dans l'ouïe de l'auditeur. Il était le seul encore capable de distinguer les voix.

On ne peut pas entendre deux choses à la fois, la femme en était convaincue. C'est ce que dit la physiologie des sens. On pense entendre chanter deux voix mêlées mais on passe, imperceptiblement, à toute vitesse, d'une voix à l'autre. Ce qui se présente comme un ensemble fluide correspond dans la réalité inconsciente à une succession hachée et fiévreuse. On peut s'y exercer, cela fait partie du travail de pianiste. Dans un bourdonnement harmonieux, on parvient au bout d'un certain temps à distinguer quatre sons, qui forment ensemble un accord auquel on peut donner un nom. Accord de septième dominante. Accord de sixte et quarte avec seconde augmentée. Diminuée. Indescriptible. De même qu'on peut disséquer et nommer des accords statiques, on peut distinguer les voix des canons. A force de travail. C'est une chose qui s'apprend.

Bach s'était contenu pour les canons des *Variations Goldberg* et n'avait composé que deux voix, une gigantesque limite qui se prêtait à une maestria débridée. Le premier était à présent posé sur le pupitre, un air rêveur qui entraînait son parfait jumeau derrière lui. A chaque mesure, on entendait la répétition de la précédente, le nouveau émergeait de l'ancien et tout se produisait deux fois. De l'aria, le thème dont ce canon constituait la troisième variation, il ne restait plus rien que le schéma des harmonies, auquel on ne prêtait guère attention tant on était occupé à rechercher les deux voix. Elles se jouaient toutes les deux avec la même main, un tour de force. Dans sa tête, dans ses pensées, on parvenait à dissocier les voix et on pouvait à la longue les distinguer partout ; dans son corps, dans sa mémoire musculaire, elles formaient un tout. On utilisait les mêmes doigts tantôt pour une voix, tantôt pour l'autre. L'étude des mouvements monopolisait pendant un certain temps l'attention.

Mais ce n'était pas tout. Sous la trame serrée des voix se décelait un chant sombre : une basse suivant une progression continue qui renvoyait aux harmonies d'origine, l'aria. Au fil du canon, cette partie de basse s'animait, elle chantait des valeurs de notes de plus en plus courtes pour accompagner les voix aiguës. Elle ne se laissait pas oublier, elle se mêlait à ce dont il était question et devenait une composante inaliénable du tout.

*

Le père fait connaissance avec l'enfant neuf mois après la mère. Il y a un retard. Il y a une différence, parce que cette unicité physique lui restera étrangère. Le père sent pendant ces mois-là de temps en temps un talon de sa fille qui donne un coup de pied contre la paroi du ventre de la mère, il voit le ventre grandir une semaine après l'autre – un phénomène qui ne peut être observé qu'à distance, même si elle est faible –, de même qu'il finira par observer l'accouchement.

Le père fait des allers-retours à l'hôpital. Il achète un énorme bouquet de fleurs bleues. Il appelle les amis et les parents. Il fait les premières courses quand il ramène la mère et l'enfant à la maison. Il est là quand l'enfant boit. Pour lui, l'enfant est une nouvelle personne, quelqu'un qui est venu s'ajouter. Il sursaute quand la nuit il entend sa respiration. Nous sommes trois ! Il en est surpris.

Peu à peu un rapprochement s'établit. Le père soulève l'enfant du berceau. L'enfant sent une nouvelle, une autre odeur et entend une voix plus grave. Quand le père se mouche bruyamment au-dessus du berceau, l'enfant sursaute et pleure. Vite l'enfant comprend : c'est ainsi, c'est le son qu'il produit, il a sa place ici.

La basse grimpe toujours plus près des deux voix du canon. Impossible désormais d'en faire abstraction.

Le matin tôt, le père prend la voiture. La grande voiture familiale se faufile dans l'étroite rue où vit la fille. Est-ce qu'elle est déjà sous le porche, avec sa valise et un petit sac à dos ? La façade d'un blanc grisâtre brille au soleil. Une fenêtre au quatrième étage se referme brutalement. Le père gare la voiture en face de la porte, sur l'emplacement vide réservé aux handicapés. Il a l'air détendu et joyeux, il vient emmener sa fille à l'aéroport de Schiphol pour des vacances d'une semaine en Italie. D'abord il faut aller chercher deux compagnes de voyage près de la gare de l'Amstel, elles attendent déjà, des sacs de couleur vive à leurs pieds, des lunettes de soleil sur le nez. Dans la voiture, les mots s'échangent entre les trois femmes aussi vite que des balles de ping-pong. Elles approchent de la trentaine, mais se comportent pour l'instant comme des gamines. Elles emportent des piles épaisses de magazines à sensation, elles ont des nouveaux deux-pièces et des chemisiers brillants dans leur bagage, elles jouent à *Drôles de dames*, quel que soit au juste le jeu.

Le père leur demande si elles sont sûres que la voiture de location les attend, qui va conduire la nuit pour traverser les Apennins et si elles peuvent éviter de boire avant. Ben voyons, elles vont se ruer sur le whisky ou les cocktails tout à l'heure – que boit-on là-bas, comment cela s'appelle déjà, c'est rouge et amer, du Campari ! – pour rouler éméchées dans les montagnes – bien sûr.

"Mais non, papa, dit la fille, qui n'a pas le permis de conduire, nous n'allons rien boire. Je vais lire la carte. Nous sommes des adultes responsables, tu sais ?"

Elle agite la très vieille carte routière de l'Italie. "C'est maman qui me l'a donnée. On peut voir par où nous sommes passés autrefois, c'est dessiné dessus. Bientôt je vais tout revoir."

L'une d'elles a un appareil photo professionnel pour garder une trace de leur séjour, l'autre téléphone avec un appareil minimaliste. Le portable de la fille sonne. Elle est toujours en conversation, pense le père. Ses amis ont toujours su la trouver partout, longtemps avant que les téléphones portables existent. Elle vient à vélo dans la maison parentale pour dîner ou étudier tranquillement ; elle n'a pas encore ôté son manteau que le téléphone se met à sonner. Pour elle.

"Oui, j'ai l'argent. Mon passeport aussi. Maintenant on passe au McDo. Je t'appellerai juste avant d'embarquer."

"C'était maman." Elle range le téléphone dans son sac, un petit sac de paille qui rappelle celui d'une enfant. "J'ai envie de vomir. C'est l'excitation du voyage." Les amies rient.

A l'aéroport, le père aide à charger toutes les valises et les sacs sur un chariot.

"Merde, tu as vu la queue !" Elles se joignent au long serpent humain qui zigzague devant le guichet d'enregistrement et commencent aussitôt à observer les autres voyageurs, à leur attribuer des noms, des destinations, des biographies.

Derrière une bande argentée au contrôle des passeports, le père s'immobilise ; il regarde son

enfant plaisanter avec l'agent de la sécurité, passer
– tout de même un peu nerveusement, comme si
on pouvait la prendre en flagrant délit pour toutes
sortes de raisons – presque timidement à travers
le portail de détection et bondir de joie quand
l'alarme ne se déclenche pas. Puis elles ont toutes
passé le contrôle, elles font un grand geste et montrent ostensiblement la boutique de boissons alcoolisées, elles se plient en deux de rire pour rien,
la fille agrippe son sac des deux mains, plus de
carte d'embarquement, ça commence bien, ah
non, Dieu merci, dans la poche de pantalon – les
copines passent chacune un bras autour d'elle et
le père les voit disparaître, voit sa fille emmenée
entre ses deux amies vers des palais du plaisir, des
plages bondées, des discos et des trattorias, la maison ou la cuisine ou le lit d'un quelconque ami
italien qu'elle a rencontré l'année précédente. La
dernière vision qu'il a de son enfant est son profil
de petite fille, bouche ouverte, un mouvement rapide de la tête qui fait flotter ses cheveux comme
une publicité à la télévision, un rire…

"Il était encore là ! Ce lac où nous étions allés,
où ils vendaient quarante sortes de glaces ! Nous
nous y sommes arrêtées. Je l'ai reconnu. Nous avions
envie de nous baigner, mais tu nous l'as interdit.
Un orage a éclaté, tu te souviens ?
— Tu avais douze ans à l'époque, dit la mère.
Cela fait quinze ans. C'est formidable que tu l'aies
revu."
Le père et la mère traversent le Nord de l'Allemagne en voiture pour se rendre en Suède, le pays
où le père a grandi, l'enfant va vers le sud à l'autre
bout de l'Europe, ils ne cessent de s'éloigner. Dans
les deux voitures, la mère et la fille tiennent chacune

leur téléphone à l'oreille, criant pour combattre la notion de distance.

En Italie c'est la fête, tous les jours, les trois amies font ce qu'elles veulent. Elles habitent chez un ami de la fille.

"Il trouve que nous devons faire nous-mêmes la cuisine, maman ! C'est à la femme de faire ces choses-là, dit-il. Nous voulons manger dehors. Il se fâche."

Les après-midi sur les plages bondées, les conversations, les plaisanteries. Les nuits dans le jardin odorant, les cigarettes, le vin.

"J'ai acheté des chaussures super, je te les montrerai quand je viendrai chez vous. Et une nouvelle paire de lunettes de soleil. Je n'ai même pas encore pris le temps de lire un seul mot ! J'ai chanté dans un restaurant hier, il y avait un groupe qui jouait. Je suis allée les voir tout simplement, je leur ai demandé quels morceaux ils connaissaient. Le batteur parlait un peu anglais. Ça s'est très bien passé. Maintenant j'ai une horrible gueule de bois."

La mère cherche à déceler dans la voix de la fille des traces de chagrin ; les vacances avec les copines remplacent un voyage annulé avec un ami. Des décisions sont prises à toute allure : une rupture, et hop, de gré ou de force un voyage, pour se consoler, vite, vite. Les copines, voilà une valeur sûre. Avec une amie, on peut se disputer puis en discuter et se réconcilier. Une amie vous accueille chez elle quand on a trop de chagrin pour dormir seule, on peut coucher dans le même lit et elle met une bassine par terre si on a envie de vomir. Une amie, c'est pour la vie. Elle vous accompagne quand vous devez passer un test dans cette sinistre clinique spécialisée dans les maladies sexuellement transmissibles, vous la soutenez quand ses parents divorcent. Les amies sont la trame sur laquelle on brode sa vie. La sécurité.

Elles sont toutes les trois épuisées après une année passée à être adultes maintenant que leurs études sont terminées – elles ont encore du mal et ne le souhaitent pas vraiment. A présent tout va changer ; entre les exigences et les injonctions de l'hôte italien, elles en parlent dans le jardin obscur, en buvant du vin italien. Il faut mettre un terme à ce travail de bureau épouvantable, elle envisage sérieusement de devenir enseignante, d'effectuer des remplacements pendant six mois pour voir si elle en est capable.

Bien sûr qu'elle en est capable, se dit la mère, elle est taillée pour ce métier, les élèves vont l'adorer. Elle ne dit rien. Ne pas exercer d'influence, ne pas mieux savoir, se mordre les lèvres et se taire.

"C'était le soir, dit la fille, nous étions sur la plage, il faisait encore très chaud mais les gens étaient rentrés chez eux, nous étions seules et nous regardions la mer. Tout était très calme. Mes cheveux étaient poisseux à cause du sel, je les ai noués en chignon. Je me suis dit : A partir de maintenant, je vais m'y prendre comme il faut. M'occuper des problèmes administratifs. Demander qu'on me rembourse mes impôts. Payer mes factures. Jouer du hautbois dans l'orchestre. Répondre aux lettres. Ranger mon appartement. Laver mes vêtements à temps. Je l'ai dit à haute voix, cela les a fait beaucoup rire. Mais je vais le faire."

Des photos ont été prises, a-t-elle dit, des quantités de photos – entre ses jambes, elle regarde la photographe, elle met son petit chapeau farfelu, essaie dix paires de lunettes de soleil différentes, pose comme si elle était prostrée, indifférente, enjouée. "Et telle que je suis."

Après avoir interrompu la communication, la mère pose le téléphone sur ses genoux et s'adosse à son siège. Elle se représente les trois femmes, leur façon de réagir du tac au tac entre elles, de se mettre au défi et de se protéger mutuellement, de passer du coq à l'âne, de faire des commentaires incompréhensibles sur tout ce qu'elles croisent – leur langage secret, leur vitesse, leur cohésion. Elle a pitié de l'Italien casanier qui peut faire une croix sur son repas cuisiné à la maison. Elle a hâte de retrouver la fille, maudit la voiture qui l'emmène dans la mauvaise direction. Encore deux semaines et elle pourra voir les photos.

*

Quelle étrange variation, cette quatrième, pensa la femme. Une telle tempête de petits motifs, un amoncellement d'arpèges maladroits. Allant en sens contraire, s'interrompant ou se confirmant, interrogateurs ou triomphants – une cacophonie de voix cousines. La partition avait l'air simple, mais ce n'était qu'apparence. Plus elle se donnait du mal, plus il devenait difficile de souligner chaque fragment. Cela n'allait pas du tout, c'était trop, tout simplement. L'atmosphère lui paraissait exagérément dansante et, à un rythme modéré, cela donnait une impression pédante. A un rythme rapide, cela ne ressemblait plus à rien, une musiquette bâclée et flottante dont l'essence vous échappait.

Ce morceau m'est étranger, se dit la femme, je ne le suis pas bien, je ne le sens pas vraiment. Pourquoi ces sautillements, rustiques ou courtisans, quelle que soit la manière dont on décide de le jouer ? De quoi s'agit-il ? Drôlement fort, ce compositeur qui parvient à tout chambouler et tisser dans le désordre et suivre malgré tout la ligne d'harmonie réglementaire, le tout en un seul idiome – mais c'est à devenir fou et on finit par aboutir à l'inintelligible. Cela lui faisait penser à des conversations entendues malgré soi dans un restaurant, dans le tram, sur une plage peut-être. Un haussement de voix, une autre qui jacasse en même temps, un murmure alterné où viennent s'intercaler des propos catégoriques. Trop chaotiques pour bien les comprendre. Il faut t'y résigner, se dit-elle, efforce-toi d'abord de bien jouer les notes.

Elle essaya de ralentir le tempo, mieux valait jouer trop lentement que trop vite ; elle essaya de marquer davantage les accents que les temps légers, le morceau était déjà en soi une accumulation de notes accentuées. Elle essaya de rendre justice à cette courte variation sans la comprendre totalement. Ses tentatives l'attristèrent. Elle jouait quelque chose qui était définitivement terminé, quelque chose qu'elle ne pourrait jamais vraiment récupérer. Elle ne pourrait jamais plus se sentir comme la sonorité de ce morceau.

Pourtant, il existait. L'image des notes était posée devant ses yeux sur le pupitre et prenait une sonorité sous ses mains. Les mesures se regroupaient quatre par quatre. Des propos puissants, une réponse chuchotée. Une sorte de ligne finissait tout de même par se dégager qu'elle semblait maîtriser, une "interprétation", le résultat du cours de ses pensées. Une tromperie totale, naturellement. Une forfanterie musicale. Elle n'y comprenait rien et la seule pensée que le morceau évoquait en elle était : Triste, affligeant, vain.

Avec ça, on n'est vraiment pas plus avancé, bon sang, se dit-elle avec une soudaine fureur. Jusqu'où faut-il aller ? Est-ce qu'on peut parfois aussi jouer quelque chose que l'on n'a pas analysé dans les moindres détails ? Il me semble que oui.

L'"interprétation" restait chancelante. Un jour assurée et triomphante, elle paraissait le lendemain hésitante et triste. Rien à y faire, c'était ainsi. Au crayon, elle écrivit dans son cahier à quoi lui faisait penser la variation : des bribes de conversations de trois jeunes femmes qui fusent sur une plage italienne, soutenues par une voix de basse avançant des poncifs prévisibles – parce qu'il ne maniait pas bien la langue, parce qu'il ne connaissait pas vraiment bien les jeunes femmes ? Il y en avait une qui de temps en temps chantait avec lui, pour qu'il ne se sente pas totalement exclu. C'était la fille, qui prenait toujours la défense des victimes de l'ostracisme et des brimades, qui possédait un réservoir inépuisable d'empathie.

La femme écoutait sa voix se mélanger parfois au discours des amies, puis se réadapter à l'hôte grognon, légèrement offensé. La plage, écrivit-elle, une soirée sans un souffle de vent sur la plage. Les conversations s'interrompent.

Ah, la 5 ! Enfin le deuxième morceau "virtuose", où les bras se croisent et les pensées aussi s'égarent si on n'y prête pas garde. Cela allait devenir encore bien pire, plus loin dans ces *Variations Goldberg*. Bach avait une stature solide, d'après certaines illustrations même un ventre extrêmement gros, comment arrivait-il à appliquer cette technique de croisement ? En revanche, il n'avait pas de poitrine, cela faisait une différence. Il était musclé et adroit, la femme avait lu qu'il était capable de jouer des mélodies d'une complexité inouïe sur le pédalier de l'orgue.

Le souhait de se rapprocher de Bach avait donné lieu à une frénésie de lecture. Le résultat était en un certain sens mitigé. Le fait que Bach ait lu en latin les discours de Cicéron avait suscité un sentiment inattendu d'affinité, car la femme les avait lus elle aussi, en troisième. Mais les informations sur la virtuosité de la technique de Bach au clavier provoquaient une certaine aliénation. La femme ne possédait pas ce don. Elle devait donc se battre, et chaque jour recommencer. Elle devait entretenir régulièrement et scrupuleusement la maîtrise d'un morceau pour éviter de la perdre. Si elle ne se pliait pas à cette discipline, elle pouvait aussi bien tout recommencer. On aurait dit l'Empire romain. Quand on ne surveillait pas constamment les provinces conquises, on les perdait ; quand la région conquise devenait trop grande, l'armée s'avérait à la longue trop petite. Bach était un puissant empereur.

Avant de composer les *Variations Goldberg*, il avait eu sous les yeux les partitions de Scarlatti. Les techniques utilisées par ce compositeur – de gigantesques sauts, le croisement des bras – ont inspiré Bach. Il les a imitées, il les a utilisées à ses propres fins. La femme était profondément reconnaissante à Bach de ne pas avoir repris la technique des notes répétées à une très grande vitesse. Peut-être y voyait-il un signe d'indigence musicale, peut-être les instruments à clavier qu'il avait à sa disposition ne s'y prêtaient-ils pas ? Quoi qu'il en soit, pour elle, c'était une bénédiction. La tâche était déjà assez compliquée comme ça.

Elle commença à déplacer les voix ici et là, en se servant de Kirkpatrick comme guide. Elle y prenait plaisir, comme c'était agréable quand les deux voix se mêlaient l'une à l'autre, comme elles dribblaient soigneusement l'une autour de l'autre, comme elles s'ajoutaient discrètement au schéma harmonique, alors qu'elles vivaient entre-temps leurs propres aventures. Elle trouvait les ornements astreignants, elle ne s'en sortait que lorsqu'elle les anticipait, pensait d'avance à la solution. C'était un jeu, un jeu vivant, satisfaisant, de deux voix claires.

*

"Alors. Tu vas avoir un petit frère ou une petite sœur, dit le gynécologue.

— Un bébé." La fillette se tient droite devant lui et le regarde par-dessus le bureau surchargé. La mère monte sur la table d'examen, péniblement et pesamment ; l'été est chaud et elle en est à son huitième mois. Elle soulève sa large robe et le ventre trône, lisse et tendu, sous la lumière du tube luminescent. Le médecin regarde, palpe, prend un long cornet en bois qu'il place contre le ventre. Il tient l'extrémité contre son oreille. Il ferme les yeux.

"Tu veux écouter toi aussi ?" Il approche une chaise de la table d'examen et soulève la petite fille pour la poser dessus. Elle se laisse soulever. Elle prend le stéthoscope obstétrical. Elle aussi ferme les yeux. La mère retient sa respiration. Je ne vais accoucher que quand il sera de garde, se dit-elle. Fini les couvercles de pot de confitures. Le médecin sourit.

"Je crois que le bébé a une montre", dit-elle.

Sur le chemin du retour, dans la voiture, elles chantent la chanson de la grande et de la petite horloge. Tic-tac-tic-tac-tic.

La naissance du deuxième érode les fondements de l'existence du premier. Il n'y a rien que la mère craigne davantage. Malgré le premier accouchement désastreux, elle n'accorde pratiquement pas une pensée à la naissance de ce nouvel enfant. Elle songe aux moyens d'empêcher que l'aînée se sente chassée de sa place par le plus jeune, se dise : Je ne donne pas satisfaction, donc ils ont pris un nouvel enfant. La mère annule l'inscription de la fille à la halte-garderie, pour ne pas l'éloigner au moment où le nouvel enfant arrive. La mère se met en quête d'un baigneur et d'un berceau de poupée, de livres de lecture sur l'arrivée d'un bébé, de biberons, de couches. Elle veut consoler et guérir avant même qu'il ne soit question d'une blessure.

A l'hôpital, elle attire la fille à elle sur le lit sur-élevé et la serre dans ses bras. L'odeur d'une petite fille de deux ans : de paille, sucrée, étourdissante. Elles regardent ensemble le bac en verre où dort le petit frère.

Une fois à la maison un nouvel ordre s'instaure. Les tétées, avec le fils au sein et la fille, qui donne le biberon à sa poupée, entre les jambes. Lire à haute voix, avec la fille tout près d'elle, le fils épuisé et repu contre l'épaule. Laver, changer, transporter de l'eau chaude et des couches sales. Avec la fille sur les genoux, rester assise des heures devant le lave-linge en marche et nommer les vêtements de chacun qui tournent. Poser le bébé dans son ber-ceau puis se dépêcher de descendre l'escalier, avec la fille, pour jouer, lire des livres, chanter, enfin se retrouver. Elle a l'air pâle, se dit la mère, elle est déconcertée. Je vais lui donner un biberon, elle pourra s'allonger dans la poussette et faire pipi plein ses couches si elle veut. Elle n'a pas besoin d'être grande, il sera toujours bien temps quand elle en aura envie. Que faut-il faire ? Je l'ai meur-trie.

Cela se passe naturellement. La mère est avec eux et voit les enfants se trouver. Le premier rire du bébé est pour sa sœur ; il commence à se ba-lancer, enchanté, dans son transat, quand il entend sa voix ; elle va s'asseoir sur lui quand il est allongé sur le canapé, au lieu de protester il pousse de pe-tits cris de joie. Il est installé dans le bac à l'arrière du tricycle de sa sœur et elle fait des tours avec lui à travers la pièce. La nuit, le berceau du frère est à côté du petit lit à barreaux de la sœur. Quand il se réveille, elle chante pour lui, quand il hurle, elle va voir la mère pour demander à manger, quand il salit tout avec le caca qui sort de sa couche, elle l'encourage.

Ils jouent au papa et à la maman dans le petit bac à sable à côté de la terrasse. Elle adapte le jeu avec virtuosité aux caprices de son frère. "Papa va juste à sa répétition", dit-elle lorsqu'il s'éloigne en rampant.

Tous les soirs, ils sont assis l'un en face de l'autre dans le bain. Elle veut qu'il soit là quand elles chantent des chansons au piano. Quand il fait sa sieste à l'étage, elle monte l'escalier : "Juste pour voir s'il est bien LÀ."

Elle fête ses quatre ans, une petite fête d'enfants est organisée où on joue au mouchoir et où on essaie de croquer des morceaux de quatre-quarts au bout d'une ficelle. Le lendemain, elle entre à la maternelle. Tout ce qui se passe là-bas est répété minutieusement et discuté au retour. La fille et la petite voisine se parlent en présence du garçon, s'assoient avec lui en formant un cercle pour la "discussion du matin" et lui apprennent de nouvelles chansons. A l'heure du déjeuner, la mère se rend avec lui à pied à l'école ; il court avec assurance dans la cour de l'école, l'ours et le lièvre serrés sous les bras, la tête emmitouflée dans une cagoule rouge pour éviter les otites. Il est très impatient et rugit d'excitation quand la sonnerie retentit. La voilà, sa sœur, dont le petit visage s'illumine en un large sourire et qui s'élance vers lui.

Ils vont faire des courses dans un centre commercial près de la station de métro qui vient d'ouvrir. Même dans le supermarché on entend de temps à autre le grondement sourd des rames qui arrivent en trombe et repartent. La fermeture des portes du wagon est annoncée par une tierce majeure en arpège, montante, un son pénétrant qui provoque une curieuse excitation. Il faut qu'ils le changent, se dit la mère, bien trop provocateur, les gens ne vont pas pouvoir le supporter à la longue.

A l'occasion de l'ouverture, elle était allée avec les enfants voir les quais du métro, ils étaient montés, impatients, sur l'escalier mécanique. Les rails, avec leur charge électrique mortelle, étaient un mètre au-dessous du quai. Pas de grille, pas de protection. Elle avait tenu les mains des enfants bien trop serrées. Quand la rame avait fini par arriver, elle était remplie de Pierre le Noir* qui avaient commencé à jeter des chouquettes sur le quai. Il faudrait bientôt qu'ils aillent faire un tour en ville. Ici, en banlieue, la voie passait très haut sur d'imposants piliers, mais plus loin, la rame s'enfonçait sous terre. Des hauteurs différentes, la même mélodie.

La mère range les courses dans des sacs. Les oranges, les bouteilles de lait, les barres chocolatées. Deux sacs dans chaque main, elle se fraie tant bien que mal un chemin à travers la foule vers la sortie. La fille marche à sa droite, sa petite main glissée dans l'anse. Le fils ? La mère tente d'embrasser le magasin du regard, exclut tout sauf l'image d'un solide petit garçon portant une cagoule rouge. Même vers les rayons de pains d'épice et de bonbons, personne ne correspond à cette image. Son cœur dégringole à travers tout son corps. Dehors, scruter, chercher, appeler. Courir partout et demander : "Avez-vous vu un petit

* Dans la tradition de la Saint-Nicolas, Pierre le Noir est l'équivalent du père Fouettard, et il jette traditionnellement des petits gâteaux.

garçon avec une cagoule rouge ?" Les gens secouent la tête en signe d'incompréhension et de réprobation.

La fille lui tire le bras. "Maman, le métro !"

Demi-tour. Direction la station. En filant devant la pharmacie, le marchand de vin, l'étalage de lampes, les seaux remplis de fleurs de couleurs vives. La mère pense aux quais qui sans prévenir font place au vide. Jets de flamme, roues tranchantes.

Cent, deux cents, quatre cents mètres. Elle écarte brusquement les gens, tire furieusement la petite fille derrière elle. Des enfants en sortie scolaire viennent de descendre des escaliers roulants, ils hurlent, s'arrachent les sacs et se cognent partout. La mère et la fille se faufilent à travers le groupe incontrôlé et se retrouvent soudain face à un espace désert, pavé de dalles mouillées. Cinquante mètres plus loin, un enfant portant une cagoule rouge en bas de l'escalier mécanique essaie de poser prudemment sa petite botte sur la marche inférieure.

La mère est assise dans le couloir, à côté de la porte de la chambre d'enfant.

"Encore, encore !" grogne le garçon.

La petite fille chante : "Il était une fois un petit garçon, qui voulait prendre le métro, mais qui avait trop peur de l'escalier roulant et un dragon est arrivé !" Elle insiste longuement et de façon théâtrale sur "peur" et "dragon".

"Encore !"

La mère l'entend soupirer, ravi, tandis que sa sœur chante ses aventures de sa voix pure et claire.

"Et que veux-tu faire plus tard ?" demande le père.

La fillette regarde la mère et essaie, tout comme elle, de replier ses jambes sous elle sur le canapé.

"Etre maman, bien sûr."

Avec étonnement, la mère voit ses enfants choisir leurs occupations et les personnes auxquelles ils s'identifient dans leur jeu. Elle ne veut pas croire ce qu'elle observe. Elle doit pourtant s'y résoudre. Dans la famille, la répartition des tâches des générations précédentes a été abandonnée, le père et la mère ont tous deux manifestement un travail sérieux, comportant des obligations ainsi qu'une préparation qui doit se faire à la maison. De temps en temps des personnes viennent s'occuper des enfants : des "baby-sitters", parfois un homme, parfois une femme. Le père fait au moins aussi souvent la cuisine que la mère.

Dans le jeu, la fillette décore le logement imaginaire et le garçon part exercer ses occupations à l'extérieur, il rentre héroïquement chez lui et elle le nourrit d'une tarte faite maison. Dans le jeu, la fillette glisse ses pieds dans de vieilles chaussures de maman à talons aiguilles et le garçon s'équipe d'une épée et d'un bouclier. Les autobus et les tracteurs offerts à la fillette restent inactifs dans l'armoire à jouets jusqu'à ce que le garçon s'en empare.

Ils remarquent ce qui est caché, se dit la mère. Ils voient que le père fait le feu dans la cheminée de la maison de vacances ; ils voient que je plie le linge, que je remplis le formulaire des baby-sitters, que je fais les courses pour toute la semaine. Les pères oublient le shampooing et les éponges à récurer. Ils voient que je ne pense pas à la poubelle, que je lui laisse cette tâche. Mais pourquoi veut-elle se mettre du mascara et du rouge à lèvres, alors que je me maquille tout au plus une fois l'an ?

Quand le garçon enfile la robe d'anniversaire de sa sœur, en se pavanant fièrement devant la glace avec sa tête aux cheveux coupés court au-dessus des volants roses, la mère et la fille rient un peu apitoyées. Dès qu'il se déguise en homme le plus fort du monde, elles ont l'air beaucoup plus enthousiastes. Dans le bain, la fille raconte qu'elle veut plus tard avoir un bébé, dans son ventre. Le garçon grimace de jalousie et de chagrin. "Moi aussi ! rugit-il.

— Non, c'est impossible. Mais toi plus tard tu auras une barbe."

Les deux enfants savent bien prodiguer des soins, mais ils ont chacun une conception différente de ce que cela recouvre. La fillette nourrit, lave et habille ses poupées, elle leur chante des chansons et leur raconte des histoires. Elle peigne les cheveux de la poupée qui a des cheveux. Le garçon laisse la mère solidement envelopper ses deux peluches, l'ours et le lièvre, dans des linges puants qu'elle n'a pas le droit de laver, et les emporte partout avec lui : la salle de jeu, la patinoire, les toilettes. La plupart du temps, il serre un animal sous chaque bras. Quand il a besoin de ses mains, les animaux sont serrés l'un contre l'autre dans son petit sac à dos.

Les deux enfants veulent les vêtements de la mère. Pour le garçon, cela prend fin rapidement ; il les veut pendant un certain temps parce qu'il admire sa sœur, mais il laisse de côté foulards et soutiens-gorge dès que des grues et des fusils sont à proximité. Pour la fillette, c'est différent. Son intérêt pour les vêtements de la mère perdure. Elle critique certes un peu sa mère quand, au cours élémentaire, elle a une belle et jeune maîtresse à la coupe de cheveux parfaitement soignée, mais elle ouvre tout de même régulièrement la malle-cabine qui contient les vêtements d'autrefois. A quinze ans, la fille commence à déménager ces vêtements vers sa propre armoire. La mère est émue de voir la fille, vêtue de sa vieille veste en jean, entrer dans une pièce, la fille se faire belle pour la fête du lycée dans sa vieille robe préférée.

La fille emportera les vêtements de la mère en quittant la maison. Elle portera ces vêtements et se fera admirer dans ces vêtements par ses amies.

Plus tard, plus tard la mère rangera à son tour les chemisiers et les pulls de la fille dans sa propre armoire, pliés soigneusement. Il arrive un moment où la mère sort de chez elle en portant le blouson en cuir, pensant aux mains fines de la fille, roulées en boule comme de petits animaux au fond des poches du blouson.

*

Le canon à la seconde était un air sans prétention, progressant tranquillement à une cadence ternaire. La deuxième voix venait déjà s'ajouter à la première au bout d'une seule mesure, elle était identique, mais produisait un son différent – plus jeune, plus clair ? –, parce qu'elle partait au ton suivant de la gamme. Les voix restaient proches l'une de l'autre, s'entremêlaient et s'imitaient de façon presque risible.

La femme essayait de jouer plus doucement que la première voix celle qui commençait plus tard, pour qu'on puisse entendre un modèle et son écho. Or, sans qu'elle sache précisément pourquoi, son intention était toujours contrariée et, au fil du morceau, l'imitation prenait plus d'importance que le modèle. Elle avait beau manipuler et déplacer la dynamique des voix, la forte interdépendance des deux chants quasi identiques restait constante.

Peu importe que ce soit elle ou moi qui marche en tête, pensa la mère. C'est tantôt l'une, tantôt l'autre. L'important, c'est que nos pieds avancent au même rythme. Que le chant de l'une acquière sa profondeur à travers le chant de l'autre, voilà ce qui compte. Au bout d'un certain temps, elle cessa de faire de son mieux pour que l'on puisse distinguer nettement la conduite de voix, elle mélangea volontairement les sons en un nuage de notes tournoyant continuellement, où les différents sons étaient en fusion parfaite.

VARIATION 7,
AL TEMPO DI GIGA

La femme avait toujours considéré la variation 7
comme un îlot de clarté se dressant dans sa simplicité au-dessus d'une mer de constructions plus compliquées. Un air doux à deux voix dans une mesure
à six-huit, qu'elle avait joué volontiers et souvent aux
enfants. La basse n'était pas une basse, mais une
voix d'accompagnement à part entière qui portait
le thème tout aussi souvent que le déchant. Une sicilienne, pas trop rapide, jouée joliment pour que
les oreilles et le cerveau puissent s'apaiser. Elle lui
rappelait un mouvement de sicilienne dans les ma-
gnifiques *Variations sur un thème de Haydn* de
Brahms, qu'elle avait jouées autrefois avec une amie,
sur deux pianos à queue. Elle pensa aux innombrables siciliennes qui existaient dans les suites de
Bach et les méthodes pour flûte à bec.

Ce n'était jamais comme on se l'imaginait. Un
spécialiste venait toujours tout gâcher, ce grognon
de Kirkpatrick ou un autre bigot érudit qui savait
tout mieux que tout le monde. Dans le manuscrit
original était écrit *"al tempo di giga"* au-dessus de
cette variation, enfin dans un certain manuscrit,
mais pas dans un autre, et il ne ressortait pas non
plus clairement s'il s'agissait de l'écriture de Bach
ou de celle de sa femme, de son fils ou d'un élève,
mais le doute était semé et il fallait faire·un choix
entre pastoral ou impétueux. Si elle choisissait le

camp de la gigue, le morceau perdrait de sa tran-
quillité, car une gigue allait plus vite, était plus
brusque et plus directe qu'une sicilienne. Les ornements refléteraient aussitôt une certaine virtuosité au lieu de cette douce rêverie qui les
caractérisait pour le moment. Les splendides traits
montant vers les aigus paraîtraient brillants et non
mélancoliques.

Il fallait croire en une interprétation, la femme
le savait, sinon on n'aboutissait à rien. Pouvait-elle
croire aux instructions d'un érudit inconnu ? En
cas de doute, la réponse adaptée est de différer
l'action. Fermons ce livre.

*

Les lustres dans la grande salle du Concertgebouw,
qui se composent de milliers de morceaux de verre
taillé, ressemblent à des seins qui pendent. Ils frac-
tionnent la lumière et produisent une atmosphère
chaude, agréable. La mère montre aux enfants les
gigantesques armatures. De leurs places dans la tribune surplombant la scène, ils regardent tous les
trois la salle, où les gens cherchent leur siège et dis-
cutent encore un peu, pleins d'attentes, avec leurs
cheveux bien coiffés et leurs vêtements soignés.

"C'est la fête, hein maman ?" dit la fille. Elle se
pelotonne contre la mère. Elle porte une robe d'été
à fleurs avec un collant et des bottes d'hiver dessous. Le garçon a mis son survêtement ; concen-
tré, il scrute la scène, où l'appariteur de l'orchestre
place les partitions sur les pupitres. Un à un, les
musiciens apparaissent avec leurs instruments. Le
premier violon se penche au-dessus du clavecin
installé au centre et prend le *la*. Cette seule note
flotte un instant à travers la salle, puis sombre dans

une nuée bourdonnante de sons. Ils voient des musiciens frotter intensément les cordes de leur instrument sans toutefois parvenir à entendre des notes spécifiques. Dans ce gigantesque grondement se distingue parfois le *la* d'un instrument à vent. Quand tout le monde s'est accordé, un silence se fait.

"Là-bas ! dit le garçon de sa voix grave.

— Il ne regarde pas, répond sa sœur. Il est en train de parler."

Le père, assis devant le pupitre tout à l'avant, bavarde avec un collègue. La mère et les enfants, situés à l'arrière, voient les dos, vêtus de vestes noires, se pencher au-dessus des violoncelles, les deux hommes accorder entre eux les cordes les plus basses et se sourire d'un air approbateur.

Tout l'orchestre se lève quand le chef descend l'escalier. Un torrent d'applaudissements se déverse de la salle vers la scène par vagues furieuses. Le chef s'incline, se retourne vers l'orchestre, lève les mains et attend. La fille donne un coup de coude à la mère et, concentrée et ravie, soulève ses petites épaules. Le garçon se dresse aussi haut qu'il peut sur son siège et regarde fixement le père. Son impatience est palpable, du moins pour la mère. Elle passe un bras autour de lui, mais il se dégage. Le silence dans la salle est total ; le public retient sa respiration ; le chef d'orchestre attend encore un instant – puis donne le signe du départ.

"PAPA !" rugit le garçon. Derrière lui, un monsieur âgé souffle par le nez, indigné. Le chef d'orchestre laisse tomber ses bras le long de son corps. La salle est troublée, puis éclate de rire. Regarde maintenant, pense la mère, c'est là que nous sommes assis, fais donc un geste ! Le père se retourne, aperçoit sa famille en haut de la tribune et agite son archet. Il hausse les épaules en guise d'excuse à l'intention du chef d'orchestre, qui sourit gentiment.

Le quatrième *Concerto brandebourgeois* a tout ce que peut souhaiter un enfant : la vitesse, la couleur, les mélodies qui toujours reviennent sous une forme ou une autre. Reconnaissance et étonnement alternent. A côté du chef d'orchestre, à l'avant de la scène, le violon solo et les deux flûtes à bec chantent leurs partitions dans un tempo judicieusement choisi qui parvient à conférer à la pesanteur un caractère dansant. Les enfants écoutent avec transport, tous les deux.

Personne dans la salle ne tousse pendant le silence soutenu qui précède l'andante. Puis les flûtes s'élèvent, avec leur son ligneux, presque trop direct, en un dialogue tragique. Un propos, un écho, une continuation. La femme pense : *Sol* majeur, *mi* mineur, bientôt cela se terminera sur la dominante, puis ce curieux finale fugué au périlleux solo de violon, mais d'abord ceci, maintenant ceci. Les mots disparaissent et il n'y a plus que son, plus que ligne.

La fillette pleure. La mère sent le corps de l'enfant se secouer, inquiète elle lance un regard de côté et voit des yeux plissés, des larmes et de la morve. Elle prend l'enfant sur les genoux et la serre dans ses bras. Les montées de sanglots s'étouffent dans cette chaude enceinte. Elle pose la bouche contre l'oreille de la fille et chuchote : "Qu'est-ce que tu as ? Tu as mal ?"

L'enfant pose la tête contre l'épaule de la mère.

"Tu te sens mal ? Dis-moi."

La fillette soupire : "Maman, c'est trop beau."

C'est ainsi que, pendant un concert festif en matinée à l'occasion de Noël au Concertgebouw, naît l'amour de la flûte à bec. La mère se réjouit d'acheter le modeste instrument et ses attributs : le produit pour graisser le bois nu, le cure-pipe géant pour nettoyer l'intérieur, l'étui joyeux pour ranger la flûte. Les flûtes à bec ont toujours dégagé une légère odeur de renfermé qui fait penser à des salons que l'on n'a pas aérés et à des aliments conservés trop longtemps. La fille joue et rassemble des airs dans une chemise.

"Est-ce qu'il ne faudrait pas qu'elle joue d'un vrai instrument ? dit le père. Elle est si douée pour la musique, il faudrait qu'elle apprenne à jouer du piano, ou d'un instrument à cordes."

Peut-être, pense la mère, mais si c'est ce qu'elle veut, nous aurons bien le temps de nous en apercevoir. Ici, à la maison, elle entend des sons de piano et de violoncelle toute la journée, mais visiblement elle a besoin d'autre chose, d'un son que nous ne connaissons pas, dont nous ne comprenons pas l'attrait. Elle aime tellement ce son que nous devons la laisser faire. Nous avons sans doute appris à nous moquer de la flûte à bec, mais ce n'est pas une habitude à transmettre aux enfants. La mère a éprouvé un faible inavoué pour la flûte à bec, parce qu'elle lui a donné accès autrefois à la musique, et elle voit avec joie la fille emprunter cette même voie – plus tôt, plus innocemment, ouvertement. Intervenir dans ce processus est impensable.

Elle joue des duos avec la fille. Elle se rend à des auditions de l'école de musique et pleure dans son mouchoir quand la fille joue un solo. La fillette se fait vite repérer par le professeur pour faire partie d'un quatuor. Elle est la plus jeune, mais elle joue avec verve la première partie. Répétitions supplémentaires, une nouvelle chemise pour les partitions du quatuor, de petits concerts à la maison de retraite du quartier : "Que des mamies, dit la fille. Elles ont voulu chanter sur la musique, mais elles n'y sont pas arrivées. On nous a donné des fleurs et du gâteau."

Rien ne reste inchangé. Les amies de l'ensemble entrent à l'école secondaire, leurs seins poussent, elles ont des petits amis et le week-end un travail chez le boulanger pour gagner un peu d'argent. Bientôt, la fille sera elle aussi occupée par la vie en dehors de l'école de musique. On n'en est pas encore là, mais les changements d'humeur qui accompagnent cette phase de transition s'annoncent déjà. A table, la fille est parfois surexcitée et puérile, puis elle se referme et manifeste à nouveau sa mauvaise humeur. "T'occupe !" dit-elle, quand le père demande ce qui se passe.

Dès la fin du repas, elle monte à l'étage. Les portes et les couloirs ne peuvent atténuer le son clair de la flûte. Elle joue une danse triste, une sicilienne, parfaitement en rythme, un tempo *largo*. Le père et la mère se regardent en souriant.

"Je n'y arrive pas. Je n'en ai d'ailleurs pas envie. Je n'accepte pas !

— Que veux-tu dire exactement ?" demande la thérapeute.

La jeune fille soupire et renifle. Elle tire énergiquement un mouchoir en papier de la boîte posée à côté de son fauteuil. Elle s'essuie les yeux et se redresse.

"Les tâches. Tout ce qu'on doit faire quand on est adulte. Gérer son argent. Surveiller les choses. Faire des projets. Quand je fais une chose, j'en néglige une autre. Les rendez-vous avec les amis. Penser aux anniversaires. Aller chez mes parents. Parfois j'arrive à tout faire, mais au bout d'une semaine il y a à nouveau un tas de factures. Cela n'arrête jamais !

— C'est trop pour toi ?"

La jeune fille acquiesce. "Je voudrais que tout puisse être achevé. Mais ce n'est jamais achevé. Cela fait partie de la vie. Quelle merde !

— A qui est-ce la faute ? On dirait un reproche", dit la thérapeute prudemment.

Elle bondit, la jeune fille, ses yeux s'assombrissent et elle agrippe des deux mains les accoudoirs.

"Elle ne l'a jamais dit. Maman. Elle a fait comme si tout cela était merveilleux. Que tout allait bien se passer, que la vie serait normale, comme autrefois, heureuse, sans problème. Elle n'a jamais dit que

cela n'avait rien de merveilleux, que les emmerdements ne s'arrêtent jamais, qu'on a toujours des
obligations et des rendez-vous. Elle ne m'y a pas
préparée. Elle a fait comme si la vie était une fête.
Ce n'était pas vrai.

— Peut-être qu'elle trouvait tout simplement
qu'elle était belle, avec toi."

Silence. Pleurs. On se mouche le nez.

"Je l'ai dit, récemment. Qu'elle m'avait raconté
des mensonges. Elle a été choquée. Et, par réac-
tion, j'ai eu de la peine pour elle.

— On t'a donné une fausse représentation des
choses, dit la thérapeute. C'est plus difficile que tu
ne croyais. Peut-être que tu cherches aussi à trop
bien faire ?

— Mais il faut que tout soit bien ! dit la jeune
fille décontenancée. Elle aussi elle fait tout bien.
Maman, je veux dire. Elle allait à nouveau m'aider,
après cette conversation. M'accompagner à la banque pour boucher les trous. Mais cela n'a pas aidé,
le mois suivant c'était de nouveau le chaos. Comment est-ce que je peux apprendre, étudier je veux
dire, si je suis occupée toute la journée à vivre ?

— T'es-tu jamais dit que tu n'as pas besoin de
voir tous tes amis chaque semaine ? Si tu ne les
vois qu'une fois par mois, il te restera beaucoup
de temps."

La jeune fille secoue la tête. "Il faut que je sois
une amie digne de ce nom. Qui est présente et
qui a du temps. Mais je n'ai pas de temps. Je suis
d'ailleurs incapable de dire non quand quelqu'un
appelle." Elle éclate de rire. "C'est désespérant !"

La thérapeute change de position. "Tu es en colère contre ta mère parce qu'elle t'a mal informée.
Tu ne peux rien y faire. Mais tu te fixes de très grandes exigences, et ça tu peux le changer. Tu peux
commencer par ton emploi du temps.

— Qu'est-ce que je dois dire alors ?

— Tu dois dire : Là cela ne va pas être possible, si on prenait rendez-vous pour dans quinze jours ? Par exemple.

— On dirait des vagues, dit la jeune fille en sortant son agenda de son sac. Elles viennent vers toi, irrévocablement, et parfois il y en a une très grosse. On ne peut pas les éviter, cela va toujours continuer ainsi. Il faut que je m'y habitue. A l'argent aussi. J'ai plus d'argent que mes amies, mais moi je dépense toujours tout. Puis arrive une nouvelle vague d'ennuis. Cela m'empêche de dormir, et pourtant il faut que je dorme.

— Qu'est-ce que tu fais dans ces cas-là ?

— Je fume un joint. Ou je bois un verre de vin. Ce n'est pas bon non plus, je le sais !

— Est-ce qu'il t'arrive aussi de bien dormir ?"

La jeune fille s'affale dans le fauteuil et rit à travers ses larmes : "Quand je dors chez mes parents. Chez moi. J'ai vingt-deux ans !"

Au moment de partir, elle se plante au milieu de la pièce pour enfiler son gilet, puis un pull avec une capuche, et par-dessus son manteau et une écharpe. Elle rassemble ses sacs et ses pochettes en plastique et repose le tout par terre pour serrer la main à la thérapeute.

"Eh ben merci ! A la semaine prochaine !"

*

Quatre fois un triple accord montant et quatre fois un descendant, à la main droite. Puis le même schéma à la main gauche. On aurait dit une étude, les vagues de doubles croches qui se suivaient impitoyablement. Après la double barre, dans la deuxième partie, cela commençait à dégénérer, jusqu'au moment où, vers le milieu de la page, tout se brisait dans une plainte pleine de tristesse. Puis recommençaient les ennuis. Une fin sportive avec une figure de gamme, un ruissellement de notes piquées. Une répartition difficile entre les deux mains. Un travail de collage et de découpage s'imposait pour attribuer les voix à la main la plus adaptée.

Le basculement tragique au milieu de la deuxième partie, aux mesures 23 et 24 pour être précis, se retrouvait dans la plupart des variations. Dans l'aria même, et là sans doute sous sa forme la plus désespérée. Dans une variation caquetante, rapide et quasi joyeuse comme la huitième, cela se remarquait d'autant plus, pensa la femme. Comme si Bach faisait un commentaire en marge du plaisir moteur, comme s'il requérait un instant, indirectement, l'attention pour l'essence sous-jacente de son œuvre. Ou était-ce son interprétation à elle ? Le compositeur se taisait depuis des centaines d'années déjà. Peut-être s'était-il justement diverti avec les passages joyeux, provocants, de cette œuvre compliquée. Peut-être son interprétation de ce qu'elle lisait était-elle totalement erronée, peut-être insérait-elle un élément qui n'était pas à sa place.

Pourtant, elle ne pouvait l'entendre autrement. Caché sous la cascade de notes bien ordonnées qui s'enchaînaient, quelque chose, quelqu'un soulevait une question plaintive, aussitôt couverte par cette même sportivité répétée qu'au début. Mais la plainte restait ancrée en vous.

Les variations étaient exposées, comme des perles brillantes sur un fil, à la vue de tous. Depuis des siècles, les gens se pâmaient d'admiration devant la construction ingénieuse de cette œuvre. Quand on l'étudiait, on était impressionné par l'étendue des possibilités d'expression, les changements rapides de tempérament, la maîtrise technique.

Il se pourrait, pensa la femme, que cette mesure et demie remplie de désespoir soit l'invention la plus géniale de tout le cycle. Bach montrait que sous la surface éblouissante, intacte, se dissimulait un point faible dangereux, un trou dans lequel on pouvait facilement tomber. Les doigts s'agripperaient au vide.

Elle trouvait que le troisième canon, où la réponse se faisait à la tierce, était un air trop parfait, d'une sérénité presque arrogante. Il la rendait furieuse et, tandis qu'elle travaillait les notes, elle jouait délibérément avec mollesse et suffisance. Comment se fait-il que je n'arrive pas à l'apprécier, se dit-elle, comment se fait-il que je me torture avec cette stupide attitude rebelle et que je me méfie de ces propos insipides que Bach a lui-même tenus sur sa musique ?

Le but de la musique est d'imiter la nature, estimait-il. Non, pas les montagnes, les ruisseaux et les arbres, mais la nature humaine. La vie émotionnelle. Les états d'âme. Enfant, Bach avait été transporté par la musique que composait son grand-oncle Johann Christoph (le Bach "émotif").

La femme pouvait le concevoir, car elle avait été un jour surprise dans sa voiture par une cantilène sans égale, qu'il avait composée : une contralto, avec pour seul accompagnement des instruments à cordes graves et festonnée par un violon solitaire. "Ah, si seulement j'avais de l'eau, assez d'eau, pour nuit et jour, nuit et jour verser des larmes." Elle avait garé la voiture sur le bord de la route, elle avait augmenté le volume de la radio, elle avait écouté, le souffle coupé. Le morceau ne durait malheureusement que sept minutes tout au plus. Plus tard, elle avait naturellement, dans sa frénésie de recherche documentaire, remué ciel et terre pour trouver une partition qui, quand elle l'avait eue en sa possession, n'avait fait que confirmer ce qu'elle avait entendu. Jour sublime, nuit profonde, des triolets descendant comme des larmes qui coulent : la musique dépeignait les émotions avec une précision presque risible. Sauf que c'était loin d'être risible, la détresse vous serrait la gorge.

Dans le canon qu'elle avait sous les mains, rien ne faisait penser à une crise de larmes ni à de l'apitoiement sur son sort. Au contraire, la mélodie était équilibrée, la rythmicité paisible, l'exposé musical maîtrisé. La conscience d'une fausse simplicité s'imposa à elle, les harmonies étaient plus compliquées qu'on n'aurait pu le penser à la première écoute et semblaient, sous une surface douce, annoncer toutes sortes de sauvageries et de malheurs. Ou était-ce une projection de sa propre émotion ?

Une fille de douze ans, pensa la femme, un modèle de pureté juste avant le début de la puberté. Elle sait danser et patiner, lire des textes et de la musique. Elle sait chaque jour les vêtements qu'elle veut porter. Elle a une vision d'ensemble de son monde. Parfois, elle se doute que cette vue d'ensemble se troublera, mais pas maintenant, pas encore. C'est ainsi qu'était le troisième canon.

*

"Mais tu ne connais personne qui va dans ce collège, dit la mère. Tu ne préfères pas fréquenter le même que tes amies ?

— Je croyais que j'avais le droit de choisir ? Voilà celui que je choisis. J'en suis sûre. C'est vraiment un bon collège, tu sais. Et il est près de ton travail !

Nous pouvons nous donner rendez-vous pendant la pause du déjeuner, nous irons manger des tartelettes."

Elles sont assises dans le jardin, au début du printemps. Pas un souffle de vent, un temps doux. Les branches du pommier bourgeonnent. Le soleil éclaire le visage de la fille d'une lumière très nette. Sa façon d'être assise sur la chaise de jardin, se dit la mère, le dos droit comme un *I*, avec son t-shirt rose, et un regard comme si elle devait me rassurer. Inattaquable et en même temps fragile.

Les semaines précédentes se sont déroulées sous le signe du choix du collège. Les parents ont visité avec la fille cinq collèges, qui ont tous bonne réputation. Cinq amphithéâtres ou gymnases, cinq discours de chefs d'établissement, cinq fois une matinée au milieu d'enfants si grands et bruyants que c'en était inquiétant. La fille n'a pas choisi le collège axé sur les études musicales. Ni le lycée classique où l'élite de la ville envoie ses enfants, ni encore le lycée accueillant avec le gigantesque hêtre dans la cour. A l'effarement de la mère, l'enfant a choisi le petit établissement ennuyeux qui est le seul à utiliser l'attribut "chrétien". La mère est pour la séparation de l'Eglise et de l'Etat. Et de l'enseignement. La mère ne voit pas l'intérêt de professeurs croyants.

Maintenant qu'elle regarde le visage déterminé de la fille, elle essaie de voir, à l'encontre de ses préjugés, les aspects positifs de cette décision. Des récits bibliques, qui rendront accessible la grande peinture. Des professeurs sérieux à la conscience hypertrophiée. De l'ordre, de la régularité, de la précision. Quelle horreur. Je n'ai pas le droit de lui mettre des bâtons dans les roues, je dois la soutenir. C'est ce qu'elle veut. Voilà ce que pense la mère.

Le père accompagne la fille le premier jour de classe. Son nouveau sac à dos sur les genoux, elle est assise sur le siège avant de la voiture dans son manteau bleu tout neuf, un peu trop grand. La mère prend le petit visage entre ses mains, elle embrasse sa courageuse enfant et fait de grands gestes en direction de la voiture qui s'éloigne.

"Arrête-toi au coin, dit la fille. Je ferai le reste du chemin à pied.

— Tu es sûre que tu connais le chemin pour rentrer ? l'endroit où se trouve l'arrêt de bus ? Tu as ta carte de transport sur toi ? Tu ne veux pas que je vienne quand même te chercher cet après-midi ?"

Elle soupire. "Non, papa. On s'est entraînés. Je vais rentrer en bus."

Il lui caresse ses cheveux coupés court. Elle descend de la voiture et hisse le sac à dos sur ses épaules. Puis elle se dirige vers le nouvel établissement où elle ne connaît personne, où tout est différent de ce dont elle a l'habitude, où tout le monde est plus grand, plus âgé, plus expérimenté qu'elle.

"J'ai déjà deux amies, qui habitent aussi de ce côté. Nous avons pris le bus ensemble. Demain matin aussi. Pendant la récréation, nous allons à la Cambuse, c'est une sorte de cantine au sous-sol. Les grands restent dehors. Ils fument ! Nous nous sommes installées à une table pour manger.

— Mais comment... ? demande la mère.

— Comme ça. En demandant : Comment tu t'appelles ? J'étais assise à côté d'une fille qui avait un agenda exactement comme le mien. Le cours de dessin a duré plus longtemps parce que le professeur de religion est très malade, il ne va pas venir pour le moment. Maintenant il faut que je monte, préparer mon sac pour demain. Je ne veux plus emporter de banane, tu sais, parce qu'elle se transforme en bouillie."

Avec fierté et stupéfaction, la mère voit l'enfant faire son nid dans le collège en quelques semaines, se forger son opinion sur les règles et les professeurs, déterminer la distance et la proximité vis-à-vis de ses nouvelles amies. Quand l'époque arrive où les dernières feuilles se détachent des arbres, la fille est devenue une élève de sixième expérimentée.

*

Pendant une heure, la femme avait travaillé le canon. Elle avait mis très nettement l'accent sur la voix claire du haut et s'était arrangée pour que la deuxième voix, une tierce plus bas, une mesure plus tard, suive en étant un peu plus douce, timide. Les deux voix avaient beau être en harmonie, elles ne se confondaient jamais vraiment ; la deuxième restait un commentaire légèrement soucieux de la première. La basse sous-jacente, qui s'animait surtout vers la fin, propulsait le mouvement et concluait avec détermination. La femme faisait de son mieux pour les imitations, qu'elle colorait de subtiles différences dynamiques.

Qu'avait écrit Bach sur la page de titre des *Variations Goldberg* ? Sa musique était destinée à "régénérer l'âme". Elle était bien obligée de l'admettre, car l'immersion dans le canon avait balayé sa contrariété. La colère avait fait place à un calme distant, les violents battements de cœur avaient rejoint le rythme pondéré. L'âme s'était apaisée.

Le quatre est devenu un chiffre agréable depuis que la famille se compose de quatre membres. Mieux vaut les points cardinaux et les saisons de l'année que les trois Rois mages et la Trinité, pense la mère. Elle peut hisser sur chaque hanche un enfant et partir en courant, s'il le faut. La famille a exactement la bonne taille : quatre chaises à table, quatre places dans la voiture, deux par deux à vélo. Quand elle demande aux enfants ce qu'ils diraient d'avoir un autre bébé dans la maison, ils hurlent d'effroi. Impensable.

Les amis des parents, eux non plus, n'ont pas plus de deux enfants. La combinaison des familles fait la joie de tous les participants. Des vacances de Noël dans la ferme en location. C'est miraculeux, la façon dont les enfants s'adaptent, pense la mère. Son fils est dans la même classe que l'aîné du couple d'amis. Leur cadet, lui aussi un garçon, est encore petit. La fille dirige les quatre, mais sait aussi s'accommoder des souhaits des garçons. Elle joue au football avec eux, trébuchant maladroitement sur les mottes d'herbe, elle fait front avec l'aîné face au petit frère, qui a le plus jeune à ses côtés. Les équipes sont ainsi de forces égales. Comme dans une danse, les combinaisons se modifient : à table, elle s'assied à côté de son frère. Dans les jeux, elle prend en charge le plus jeune et lutte avec lui contre les deux autres.

En été, les deux familles partent camper en France en roulant l'une derrière l'autre dans des voitures sur lesquelles elles ont arrimé d'énormes tentes, des chaises et des tables. A l'extrémité d'une large vallée entre des montagnes enneigées, ils montent les tentes, tantôt jurant, tantôt éclatant de rire, ils déplient les auvents, installent les tables et les huit chaises et jouent à faire comme à la maison. L'*Algemeen Dagblad* et *La Dépêche*, de la bière tiède, du Fanta et du vin. La mère et la fille préparent pour l'apéritif des canapés qu'elles disposent joliment, pour les servir, sur des raquettes de tennis enveloppées d'une feuille d'aluminium. Les autres campeurs sont observés et se voient attribuer des histoires et des noms. Les quatre enfants vont inspecter la piscine. La fille marche en tête dans son maillot de bain bleu. Elle s'est noué une serviette autour de la taille. Les garçons, qui portent des brassards gonflables et un ballon de football, la suivent. Au loin scintille l'eau de la piscine.

Pendant le dîner, le père demande s'ils se sont déjà fait des amis. Les deux grands garçons secouent la tête. "Ils parlent français ! Ils pensent qu'on est fous. Ils ne nous comprennent pas.

— Par contre, ils regardent, dit le cadet. Celui qui a la mèche devant les yeux passait son temps à nous épier, puis il se mettait à chuchoter avec ses amis. Tu as remarqué toi aussi ?"

La fille acquiesce.

"C'est toi qu'ils regardent ! Tu es notre arme secrète ! Tu dois les attirer, comme ça nous aurons des amis. Si ça marche. Quand tu en auras attrapé un, moi je bondirai devant toi et je dirai : Je suis son frère ! *Bonsoir**! "

* En français dans le texte.

Ils sont pliés de rire devant leurs assiettes remplies de frites.

La nuit tombe. Ils partent tous les quatre vers la place à l'entrée du camping. On peut y jouer au ping-pong et boire du Coca à des tables en marbre. C'est là que se rencontrent les jeunes. Les garçons ont enfilé des maillots de l'Ajax et du Barcelona, la fille une minijupe. "Nous allons à la chasse aux contacts !" dit-elle en riant.

Au bout d'une petite heure, les parents n'y tiennent plus. Le moment est venu d'une promenade du soir dans le village. Ils passent par la sortie à l'arrière du camping, pour se maintenir à l'écart du terrain des jeunes. Sur le chemin du retour, ils arrivent en plein milieu et s'arrêtent à la table où leurs enfants jouent aux cartes. Ils bavardent tous en même temps, regardant de temps à autre le visage de leurs parents, puis à nouveau les cartes qu'ils tiennent en main.

"Je lui ai dit : Tu dois monter sur la table. Danser ! Faire un striptease !"

La fille rit. "Il faut que nous inventions une chanson, nous allons la chanter ici. Là ils seront bien obligés d'écouter.

— Le foot, dit l'aîné des garçons sérieusement. Ça intéresse tout le monde. Organiser un tournoi. Ils sont là à s'emmerder autour des tables de ping-pong, ces Français. Ils ne jouent même pas.

— Mais nous on a quelque chose à faire, dit la fille. Voler des cœurs. J'ai une théorie : s'ils nous voient occupés à quelque chose d'intéressant, ils viendront jeter un coup d'œil et nous établirons le contact. On va les attraper, c'est tout simple." Elle bat les cartes, elle en a toujours un paquet sur elle, elle fait défiler deux tas de cartes sur ses pouces, en coordonnant ses mouvements, pour mélanger le tout.

Le plus jeune des garçons est silencieux. Il regarde la fille et reçoit les cartes presque avec gratitude. *"Merci**, chuchote-t-il. Nous devons parler français, pour commencer. *Tu es mon amie**."

Les parents retournent tranquillement à leurs tentes. Les voix des enfants – aiguës, basses, mêlées aux exclamations et aux rires étouffés, grondant, babillant – se fondent et se dissolvent dans les bruits du soir. Le père ouvre une bouteille. L'attente commence.

*

La dixième variation était une petite fugue à quatre voix. Pas une vraie, se dit la femme, car le thème de la fugue n'avait pas de mélodie contraire et, en soi, n'évoluait pas beaucoup, pas d'inversion, de mouvement à reculons, de réduction ou d'extension métrique. Pour de telles prouesses, les trente-deux mesures n'offraient pas suffisamment de latitude. Quatre voix qui, à différents emplacements, se chantaient le même air. Jamais mélangées, comme si elles s'écoutaient respectueusement. Une conversation pleine d'entrain.

Autrefois, elle avait trouvé les fugues difficiles. Trop cérébrales, trop recherchées. Tant d'ennuis pour positionner ses doigts afin de jouer toutes les voix en les mêlant joliment. L'embarras quand, après avoir travaillé le morceau pendant plusieurs semaines, on découvrait une inversion du thème dont on ne s'était jamais aperçu. La difficulté d'exécuter des ornements compliqués dans des positions pénibles, avec l'auriculaire et l'annulaire,

* En français dans le texte.

tandis que le reste de la main jouait une mélodie ou tenait un accord.

A présent, la fugue est mon salut, pensa-t-elle. Pas une forme n'exige à ce point toute ton attention. Fait si peu appel au sentiment immédiat. Une fugue est rarement émouvante, ou belle. Une fugue est un édifice qui doit être assemblé consciencieusement, un étage après l'autre, sans erreur de construction.

Elle maçonnait l'imbrication des voix. Elle veillait à ce que toutes les attaques soient distinctement audibles, même lorsqu'il s'agissait d'une voix intermédiaire. Chacune pouvait participer à cette conversation amicale. La voix la plus basse commença et chanta seule pendant quatre mesures. C'était la seule voix qui prenait la parole pendant toute la fugue, qui contrastait avec les autres voix, les pressait ou les soutenait. La voix portait le morceau.

Il y a des choses que l'on redoute, pas parce qu'elles sont extrêmement difficiles, mais parce qu'elles paraissent étranges, pensa la femme. La variation 11 faisait partie de ces "choses". C'était surtout la technique de jeu qui était curieuse, car ce qu'il fallait jouer n'était pas si singulier. Des figures de gammes descendantes en rythme ternaire, se transformant au bout de quatre mesures en un débordement d'accords ascendants. Il fallait les exécuter avec la mauvaise main dans une position tordue. Cela aurait-il aidé de posséder un clavecin à double clavier ? de s'asseoir aussi bas que Glenn Gould ? de démonter le panneau droit derrière les touches ?

C'était au fond un défi sportif. La femme n'aimait pas le sport. La femme n'arrivait à rien dans ce domaine et s'était toujours sentie mal à l'aise et légèrement gênée en le pratiquant.

Le sport était entré dans sa vie par son fils qui, quand il n'avait pas même deux ans, pouvait imiter parfaitement les lanceurs de poids à la télévision, dans le moindre détail, avec l'inévitable petit saut pivotant après le lancer. A quatre ans, il avait envie de jouer au football, avec une passion que la femme reconnaissait dans son propre amour de la musique. Le club de foot local plaçait le seuil d'inscription à six ans ; le fils attendit impatiemment les longues années le séparant de son admission dans la catégorie "débutant". Avant les vacances d'été, la femme était allée avec lui en voiture au magasin de sport Joro pour acheter la tenue. Le pantalon blanc aux liserés rouges. Les petites chaussures de foot, de la marque Puma, cousues par Johan Cruijff lui-même.

Le garçon n'avait peur de rien sur l'herbe. Il adorait. Comme les doigts des deux mains dans la variation 11, les enfants se coupaient la route sur le terrain de foot miniature. La faim du ballon, du coup de pied, les réunissait dans la surface de réparation. Il n'y avait aucune tactique, il n'y avait que l'envie de toucher le ballon. La femme avait regardé avec admiration, tous les samedis. La fille était à côté d'elle. Après, ils mangeaient des croquettes dans la cantine puante où le fils paraissait se sentir comme dans une salle de séjour. Le marchand de croquettes n'avait qu'une seule dent, à l'avant de la bouche, et, d'après le garçon, dormait la nuit sous le comptoir. Il le racontait avec une certaine envie dans la voix. Pourquoi aller ailleurs quand on peut habiter à côté d'un terrain de football ?

Peut-être la femme devait-elle tirer des leçons du comportement de son enfant dans ses toutes jeunes années. Ne pas se tourmenter pour la technique, se contenter de désirer ardemment les touches, celle-là là-bas, dans les profondeurs, puis la suivante. Ensuite, les mouvements des bras viendraient s'ajouter d'eux-mêmes aux doigts entreprenants, s'élevant tout naturellement au-dessus des considérations tactiques. Plus de corps, plus d'épaules. Seulement l'extrémité des doigts.

*

"Je veux faire de l'aviron", dit-elle. Elle empoigne ses couverts à pleines mains par leurs manches et fait le geste de ramer à toute force dans l'eau. La mère évite la fourchette.

"C'est super. Il faut s'entraîner et, dès qu'on est un peu rodé, on doit faire de la course. Ils font des fêtes au club. Il y a un bar avec une terrasse."

C'est là que s'installe la mère le samedi, comme une femme de marin qui guette sa fille. Sur le large fleuve filent des bateaux interminables avec pas moins de huit rameurs, des skiffeurs solitaires et des bateaux de plaisance qui n'ont rien à faire là. Des entraîneurs parlant dans de grands porte-voix circulent sur la piste cyclable et crient des ordres à leurs élèves. De l'autre côté s'étend un cimetière qui a son propre appontement.

La fille rame, dans un "deux de couple sans barreur", avec un gentil garçon d'environ seize ans. "Il est tellement gentil, maman, et même trop gentil. Nous parlons de tout, c'est possible avec lui." Quand les deux ont sorti leur bateau de la remise pour le mettre à l'eau, la mère a bien observé le jeune homme. Pourquoi ne peut-elle pas tomber amoureuse de lui, avait-elle pensé, une personne manifestement si agréable, qui la comprend et avec qui elle peut rire ? Pourquoi choisit-elle toujours les petits amis les plus compliqués, aux cheveux noirs et à l'âme noire ?

Le dos de la fille, dans l'uniforme bleu et blanc du club, entre dans le champ de vision. Energiquement, les deux rameurs plongent leurs rames dans l'eau, à un rythme plaisant mais avec beaucoup de force. Le bateau commence à s'écarter de sa trajectoire au milieu du fleuve. Ils ne voient pas où ils vont, se dit la mère. Ils veulent arriver le plus vite possible, mais sans savoir où. Pas le temps de regarder par-dessus leur épaule, pas d'intérêt. Pas de méfiance.

La pointe du bateau touche les roseaux qui poussent en abondance le long de la berge. Le bateau perd de la vitesse, reste coincé et dérive lentement au gré du courant. L'entraîneur, un gros jeune homme sur un vieux vélo, arrive essoufflé, descend et commence à jurer. Les rameurs ont le fou rire. La fille hurle de rire, penchée sur les rames, et agrippe le bras de son compagnon de ses deux mains mouillées.

"C'est pas malin ! crie l'entraîneur. Il faut regarder du coin de l'œil. Faire attention ! Cela vous arrive tout le temps. Bande d'amateurs !"

Mouillés et fatigués, ils rejoignent la mère sur la terrasse en hauteur, en riant encore.

"J'ai dit à ce braillard : «C'est quoi ton problème ? On s'amuse. Calme-toi.» Il en est incapable. On allait vite, non ?"

Le coéquipier acquiesce, avec son gentil visage. "C'est le cours de la rivière qui n'est pas droit. S'ils le rectifient, nous arriverons les premiers. Nous allons tellement vite !

— A mon avis, je ferme les yeux, dit la fille. Je sens la vitesse, l'eau. Je ne pense pas quand je rame. Cela m'est bien égal où nous allons."

*

Si elle ne s'y prenait pas bien dès le début, elle continuerait de redouter le numéro 11, se dit la femme. Et dans ce cas, cela ne donnerait jamais rien. Elle ne pouvait pas, comme autrefois, projeter ses bras avec insouciance sur le clavier, laisser ses doigts suivre les lignes mélodiques et voir où le bateau allait échouer.

Avec l'aide de la partition de Kirkpatrick, elle permutait les voix. Ce qui était en haut, elle le jouait à la main droite, ce qui était en bas avec la gauche, indépendamment de la progression de la mélodie.

La lutte pour le mouvement le plus économique lui paraissait une approche professionnelle et sportive. Tant qu'elle continuait de suivre dans sa tête les lignes musicales et qu'elle veillait à ce que les doigts restituent ces lignes par une légère accentuation, rien ne pouvait arriver. Là, elle saurait où elle allait.

Comme un fleuve paisible, la musique coulait entre les rives, les vagues clapotaient, giclaient parfois, poussaient tout ce qui flottait sur l'eau ; la femme ne s'abandonnait ni au plaisir ni à la confiance, mais elle tenait en bride ses muscles et gardait tout son cerveau en éveil.

Quand va arriver la puberté ? pense la mère. Quand va-t-elle vraiment contester et contrecarrer ?

Maintenant. La fille se dispute avec le père. Des portes claquent, piétinements dans l'escalier. Cris.

La porte de la jeune fille est fermée à clé. Devant, dans le couloir, la mère parle aux photos et aux posters. La dispute est partie de rien. Des chaussures laissées au milieu de la pièce, un manteau flanqué par terre – les agacements habituels que provoque un enfant qui grandit. Les parents font office de punching-ball, de caisse de résonance pour la colère de l'enfant face à l'inflexibilité du monde. Bientôt, elle redescendra, à temps pour le dîner.

La mère s'accroupit et s'adosse contre le mur. Par les fentes de l'encadrement de la porte s'échappe une légère odeur de cigarette. La mère sourit. Cela fait des mois qu'elle a moins de cigarettes à la maison qu'elle ne le pensait. C'est donc là qu'elles sont.

L'opposition de la fille est une contradiction en harmonie. La mère est une grosse fumeuse, elle tâte les poches de sa veste en quête de cigarettes. Fumer ensemble, de chaque côté de la porte de la chambre.

Pareil. Différemment. Cela blesse la mère que la fille préfère les mathématiques au latin. Quant au grec, n'en parlons pas. Comment peut-on grandir sans Tacite, sans Homère ?

"Ce professeur est tellement bête, maman. Cela n'a vraiment aucun intérêt. Jusqu'à Noël on peut encore modifier ses matières. Je vais arrêter. Qu'est-ce que cela m'apporte ?

— Quand on a étudié les langues classiques, on comprend tous les mots compliqués. Tous les termes médicaux."

La fille souffle avec mépris.

"Ce n'est pas parce que cela t'intéresse que je dois estimer que c'est important ? C'est vrai, tout de même. Tant pis. C'est comme ça. Maman ?"

Oui, c'est comme ça. Quand la fille cherche un travail pour les vacances, elle ne devient pas aide-soignante dans un hôpital. Cette odeur dans le local de service, se dit la mère, cette odeur extra-ordinairement triste d'urine et de désinfectant. Le son des pas rapides, la nuit, dans un couloir désert. La fille n'est pas sensible à ce genre de choses. Elle va servir dans un restaurant italien. En jupette noire, elle zigzague d'un pas dansant entre les tables. A la fin de la soirée, elle chante un duo avec un serveur. Elle reçoit des billets de banque en pourboire.

Le professeur de mathématiques l'adore et lui donne le sentiment qu'elle sait tout faire. Elle fait des calculs que la mère n'a jamais pu comprendre. Pour ne pas se tromper, elle utilise sa règle Snoopy. Les logarithmes et les cosinus n'ont pas de secret pour elle.

La fille peut se mettre en colère, elle le montre maintenant. Elle est capable de dire non à temps à des choses qui ne lui plaisent pas. Sans réfléchir.

Elle peut avoir des secrets, taire certaines choses. Elle a du mal, mais elle y arrive. Elle appelle d'une cabine téléphonique en ville pour dire qu'elle est en sécurité chez une amie, elles sont sur le point d'aller se coucher, c'était bien mais maintenant elles sont fatiguées. Ensuite, elle retourne à la discothèque.

Avec admiration, la mère voit l'enfant manier la distance et la proximité, garantir sa liberté dans cette petite activité qu'est la relation entre mère et fille.

La porte de la chambre s'ouvre. De la fumée envahit le couloir.

"Qu'est-ce qu'on mange ? J'ai faim.

— Ouvre la fenêtre, dit la mère. Pour aérer un peu. Non ?" Elle caresse d'une main les cheveux doux de la fille. L'enfant l'y autorise et sourit.

*

La quarte était un intervalle affreux, pensa la femme. Importun et austère. La quarte montante appelait à l'action alors qu'on n'en avait pas envie. Une atmosphère quasi militaire d'obligation entourait cet intervalle. Des chants militaires. Le *Wilhelmus**. Quand on entendait les deux sons non pas l'un après l'autre mais en même temps, on éprouvait un sentiment de vide exaspérant. Le vide n'était pas grave, une octave évoquait un vide simple, paisible. Le vide de la quinte recelait une promesse, était doux, vulnérable. Le vide de la quarte était difficilement supportable. Les autres intervalles n'étaient pas vides. La seconde et la septième étaient des accords passagers, avides d'une solution. Le son de la tierce et de la sixte pouvait paraître charmant, harmonieux, plein.

* Hymne national néerlandais.

Quelles conneries, se dit la femme, et elle se pencha sur le canon à la quarte. Elle se détourna de la fenêtre derrière le piano à queue, la gigantesque fenêtre qui offrait une vue sur le monde. De l'autre côté allaient et venaient des facteurs et des livreurs de colis, des gens à la recherche de sonnettes et de conversations. Des buissons et des arbres poussaient, qui produisaient des fruits puis laissaient tomber leurs feuilles. Des oiseaux criaient. Le temps passait.

Sur le pupitre était posé le canon. La basse avec ses notes qui se répétaient, ce martèlement impitoyable, était la fondation au-dessus de laquelle les deux voix se parlaient. Elles se coupaient la parole. Elles se contredisaient. Ce que l'une disait était répété exactement à l'inverse par l'autre. Dans la première partie, c'était la voix du dessus qui portait le thème ; après la double barre la voix du dessous, la contestataire contrariante, commençait la première et l'autre venait ensuite se joindre à elle – à l'inverse, avec un écart d'une quarte, encore – puis les deux voix produisaient peu à peu un changement d'atmosphère considérable. On les entendait s'adapter l'une à l'autre, elles se chantaient des passages tristes et s'unissaient en une fin plaintive : un accord descendant sur la tonique. La basse bougonnait encore un peu et se frayait un passage vers le haut pour former un accord de septième. Cela ne changeait rien, c'était en fait superflu.

Derrière la fenêtre, le crépuscule avait commencé. Un par un les lampadaires s'allumaient, d'abord hésitants, avec une lumière tremblante, puis avec calme et assurance. La femme, dans le cercle de lumière que projetait la lampe du piano, peinait sur les notes difficiles. Elle ne s'avouait pas vaincue, elle continuait imperturbablement et obstinément jusqu'à ce que ses doigts aient rejoint la progression capricieuse des voix et manient avec naturel propos et réplique.

Il y avait le piano à queue, il y avait la table. Entre les deux emplacements la femme allait et venait, plus animée par le dégoût que par le désir. La treizième variation, la première au rythme vraiment lent, une triste sarabande ourlée de guirlandes infinies de notes délicates, certes en mode majeur mais d'une tristesse indicible, la faisait fuir vers la table. Elle s'empara du crayon. La consignation des épisodes de la vie d'un enfant était le minimum de ce qu'on pouvait attendre d'une mère. Fondée sur les souvenirs de la mère ou son imagination. En partant de la chronologie, d'albums de photos ou d'autre chose qui faisait resurgir à coups de fouet les idées. La musique.

Le problème de la table, c'est qu'elle n'avait ni clavier, ni pupitre. Cela invitait à regarder fixement dehors. La femme regardait. Elle voyait les prés automnaux séparés par des fossés. Une nuée d'oiseaux sombres décrivait des cercles au-dessus des pâturages et finit par plonger dans une mare boueuse. Etre un de ces oiseaux, se dit la femme, un oiseau de cette nuée, faire ce qu'il faut faire, ce que l'oiseau fait devant vous, s'élever dans les airs, atterrir, barboter dans la boue. A l'approche du soir, se poser sur la cime d'un arbre, parmi les autres oiseaux, une composante de la nuée. Se demanderait-elle alors si elle n'était pas trop près, si l'emplacement qu'elle occupait sur la branche noire était le bon ? Peut-être était-ce difficile de faire partie d'une nuée. La femme pensa aux panaches de fumée qui, dans des villes comme New York et Washington, se fraient un chemin en sifflant à travers des ouvertures de l'épaisseur d'un dollar dans des couvercles métalliques au milieu de la chaussée. Le vent traîne le nuage blanc contre l'asphalte, les voitures le fendent de leurs pneus lourds, mais le panache de fumée s'élève chaque fois de nouveau, soufflant et sifflant, d'une force invincible. D'où venait cette fumée, que se passait-il sous la surface et pourquoi tout le monde faisait-il comme s'il n'y avait rien d'anormal ? Triste de s'assimiler à un nuage de vapeur, se dit la femme. Rien n'était plus ténu, plus faible, plus insignifiant.

De retour devant le piano, elle posa la main droite sur ses genoux et joua de la gauche la double ligne de basse. Le thème avec l'auriculaire, la voix de ténor impérieuse au-dessus. Lentement, lentement. Avec une concentration extrême, elle se représentait le déroulement capricieux du déchant au-dessus de ce duo. Avec l'oreille interne, elle entendait très précisément la soprane chanceler, ravie de monter, presque déçue de redescendre à nouveau brutalement, pour ensuite reprendre son ascension nerveuse mais continue. Vers la fin, la mélodie s'élevait, sifflant et soufflant, et montait comme un nuage pâle, s'élargissant continuellement, pour incliner la tête brusquement à la dernière mesure. Elle leva la main droite et se mit à jouer.

*

"Oto-rhino-laryngologie" est inscrit en lettres majuscules sur la pancarte au-dessus de l'entrée de la polyclinique. Si elle avait appris le grec, la fille debout tout près d'elle saurait où elle est. La mère s'appuie contre le guichet et ouvre la bouche dès que la réceptionniste lève les yeux. Non, il ne faut pas, c'est le rendez-vous de sa fille. Elle a vingt-quatre ans.

"J'ai un rendez-vous au service de phoniatrie", dit la fille. Le ton paraît résolu et assuré, mais la mère décèle dans la voix un son neutre et aigu. Les nerfs.

On leur indique une salle d'attente où est assis un homme au nez rempli de tampons de ouate. Un enfant en larmes ne cesse de porter ses petites mains à ses oreilles, une vieille dame crache furtivement dans un récipient. Elles prennent chacune un magazine et se racontent ce qu'elles y trouvent de curieux. Elles ont le temps. La fille croise les jambes, dans des bottes marron qui lui montent jusqu'aux genoux, et fouille dans son sac à la recherche d'un baume à lèvres. Elle a tiré en arrière ses cheveux qu'elle a réunis en une queue de cheval.

"Maman, pourquoi je fais ça ?"

Le tube au néon au plafond clignote, hésitant. Elle le fait parce qu'elle a une envie, parce qu'elle a une passion. "Je vais finir mes études, avait-elle dit, tu n'as pas à t'inquiéter. Puis je vais donner des cours, deux jours environ, dans mon ancienne école, c'est sûrement possible. Ce que je préfère par-dessus tout, c'est chanter. Devenir chanteuse. Aller au conservatoire."

La mère avait acquiescé, face à cette évidence. Bien sûr, si quelqu'un était doué pour le chant, si quelqu'un avait un talent musical manifeste, c'était bien la fille. "C'est ce que tu penses parce que tu es ma mère, cela ne m'avance vraiment à rien !" Mais le professeur de chant était du même avis, c'est pour cette raison qu'elles étaient ici à la poly-clinique à attendre le phoniatre. Quand on voulait faire du chant son métier, il fallait se soumettre à un contrôle médical ; l'aisance et le don ne suffi-saient pas. La gorge, le larynx et les cordes vocales, l'instrument qui était caché dans le cou gracile de la fille, devaient obtenir un certificat de bonne conduite.

Une femme maigre aux cheveux courts et gris les invite à entrer dans une vaste salle. Elle exa-mine tous les candidats au concours d'entrée, dit-elle, inutile de se faire du souci, c'est la routine. A-t-elle constaté la tension sur le visage de la fille ? Non, elle remplit un formulaire et ne lève pas les yeux pendant un long moment. La mère recule un peu sa chaise et écoute. La fille raconte : bien qu'elle fasse des études, en dehors de ses vocalises et de ses arias elle chante aussi dans un groupe, elle a parfois la voix enrouée, mais pas souvent, elle… Le dos de la fille est très droit. Elle répond avec honnêteté et pleine de confiance à toutes les ques-tions, comme si elle était convaincue que tout le monde allait y mettre du sien pour l'aider à réali-ser son rêve. La mère respire en surface.

"Nous allons regarder", dit le médecin.

Arpèges, aigus, basses, chuchotements et pleine voix, grognements, soupirs, gémissements. La fille produit le son demandé et le médecin regarde pendant ce temps sa gorge, faufile ses instruments le long des dents intactes et tâte le cou. "Dyspho-nie atypique", l'entend marmonner la mère. Le for-mulaire sur la table se remplit de signes plus, de signes moins et de griffonnements illisibles.

"Je veux juste regarder tes cordes vocales. Je vais mettre une caméra dans ta gorge et nous pourrons voir ce qui s'y passe quand tu chantes." Elle in-dique un grand écran de télévision et insère l'objet au fond de la bouche de la fille. "Chanter, c'est ce qu'il y a de plus beau au monde, avait-elle dit. Quand je chante, tout va bien. C'est ce que je veux."

La fille n'a pas de haut-le-cœur mais suit fidèlement toutes les instructions. L'écran montre des structures roses, brillantes, qui bougent quand la fille produit un son, deux parois de chair séparées au milieu par une fente sombre, secrète. Elles se rapprochent puis s'écartent à nouveau. "Encore, dit le médecin, je veux bien regarder une dernière fois."

Puis elles sont à nouveau assises autour du bureau. "Un défaut de fermeture, dit le médecin. Et quelques petits nodules sur les cordes vocales, tu as sûrement dû trop chanter, et pas comme il faut, avec ton groupe. Avec de la rééducation, cela finira par partir, ce n'est pas grave. Mais l'anatomie de tes cordes vocales n'est pas idéale. Une fermeture défectueuse d'une corde vocale. C'est une question de conformation. Comme certaines personnes ont de longues jambes et d'autres des courtes. On ne peut rien y faire. Cela fait que ta voix n'est pas fiable. Donc inapte à une utilisation professionnelle. Si tu fais beaucoup de séances d'orthoplonie, tu pourras tout à fait continuer à chanter. En amateur."

La mère se fige comme si on lui avait annoncé un décès. Jamais la fille dans le rôle de Suzanne, avec son grand air du quatrième acte dans *Le Mariage de Figaro*, jamais dans le rôle de Zerline, ou en tant que soliste dans le *Requiem* de Brahms, dans les cantates de Bach. La mère est à la fois indignée et consternée. Puis elle se lève et emboîte le pas à la fille, qui quitte la pièce la tête haute et l'air impassible sans plus rien dire au médecin. Sur le parking, la fille donne un grand coup de pied dans les pneus de la voiture. "Comme si une conne pareille y connaissait quoi que ce soit, je vais voir un autre médecin, je n'ai pas à accepter ça d'une sorcière comme elle. Un jour, je montrerai que tout ça, c'est du pipeau. Fermeture défectueuse ! C'est elle qui est défectueuse."

Le menton tremble. Abattues, elles sont assises toutes les deux à regarder le pare-brise embué. "Elle avait du poil au menton, dit la fille. Je connais un bon orthophoniste, par ma prof de chant."

L'orthophoniste viendra et proposera des exercices. Des sons bestiaux rempliront la ferme où la famille passe la semaine de Noël. Avec une régularité disciplinée, la fille se retire pour faire son travail de rééducation. Les nodules sur les cordes vocales fragiles disparaîtront. La technique de chant sera réélaborée de fond en comble, en repartant de zéro. On ne fume plus et on ne boit plus. Dans le *Requiem* de Mozart donné en représentation chaque année, la fille chantera l'alto au lieu du soprano pour ne plus exercer de tensions sur la voix.

Pendant deux ans elle se battra contre le jugement, contre la déception, contre son anatomie. Ce premier vrai déboire provoque une blessure. Une visite à l'opéra n'est plus supportable. Elle devient contrariée, lunatique, insomniaque. Elle a du chagrin. Elle se met en colère quand la mère énumère les possibilités restantes et l'encourage à ressortir le hautbois du placard. Cela dure. C'est grave.

Puis elle courbera la tête et s'avouera vaincue. Le temps souffle son haleine curative sur la plaie, qui peu à peu se transformera en cicatrice.

"Quand j'étais avec elle au lycée, dit l'amie de la fille, c'était en troisième, à l'époque elle était la fille la plus appréciée de l'établissement. Ou en bonne voie pour le devenir en tout cas. La classe était super-sympa, c'était grâce à elle. Toujours à inventer des blagues, toujours en tête, à entraîner tout le monde avec elle. Je n'avais jamais vu ça."

La mère est assise en face de l'amie dans un café. Elles commandent du café avec beaucoup de lait.

"Pendant les fêtes du lycée, c'est là qu'elle était au mieux de sa forme. Quand elle entrait, on se disait tout de suite : Maintenant ça va commencer. Rien ne pouvait se faire sans elle. Vraiment douée. Elle jouait un duo compliqué sur le hautbois, puis elle chantait dans le groupe du professeur de dessin, le barbu, tu vois qui je veux dire ? Elle était toute la soirée sur scène."

La musique est trop forte, la mère et l'amie penchent la tête l'une vers l'autre au-dessus de la petite table étroite.

"Je me souviens encore très bien de l'ambiance en première. Un an avant notre examen de fin d'études. Elle avait eu toutes sortes de petits copains, mais à l'époque elle s'intéressait au garçon le plus populaire. Et lui à elle. Ils se sont tourné autour dans la cour de récréation, pendant des semaines. Puis, un jour à la pause de midi, j'étais en haut du grand escalier, elle a fait soudain son apparition au bout du couloir, avec un grand sourire, elle portait cette robe rouge. Elle a levé les bras et elle a crié : «Nous nous sommes embrassés !» Comme si elle avait gagné le mille mètres. Cela m'a fait tellement rire."

La mère prend une cigarette. Elle écoute.

"Quelques jours plus tard, c'était la fête de fin d'année. On se serait cru dans une série télévisée où nous aurions été tous acteurs. J'ai trouvé cette période difficile, la plupart d'entre nous aussi, je crois. Des disputes avec les parents, des incertitudes sur ce qu'on devait faire après le lycée, les emmerdements avec les petits amis. Les boutons, les divorces, les troubles alimentaires. Tout le monde avait des problèmes. Pas elle, à l'époque. C'était son monde à elle, elle y avait sa place, parfaitement satisfaite. Je la vois encore debout sur scène, à cette fête. Avec plusieurs autres, elle a chanté la dernière chanson, de la musique soul. Très librement, très intensément. Ensuite, nous devions aller danser.

Je ne sais pas si je m'en souviens bien, mais d'après moi personne n'a commencé, nous étions tous en cercle autour de la piste de danse pendant que le groupe jouait. Puis elle s'est avancée. Elle a regardé le garçon, le plus chouette, le garçon le plus désiré du lycée, et il a bien fallu qu'il entre au milieu du cercle. Il ne pouvait pas détacher d'elle son regard. Ils se sont mis à danser, de plus en plus près l'un de l'autre. Nous avons tapé dans nos mains et sifflé, la musique est devenue plus obsédante, on aurait dit une scène de théâtre bien préparée mais c'était en vrai, cela se passait dans la réalité. Ils se sont approchés l'un de l'autre, ils se sont touchés, jusqu'à ce que tout se termine par le Baiser. Et nous de hurler et de taper des pieds, évidemment. C'est là que leur relation a vraiment commencé."

La mère remue le café tiède. "Il était agréable, dit-elle. On jouait à des jeux de société, cela lui plaisait. Et ils étaient gentils l'un envers l'autre, en tout cas au début.

— Oui, plus tard ça s'est gâté. Il s'est mis à lui dire comment elle devait faire ses valises. Ce cuistre. Cela lui a fait perdre son assurance, comme si elle ne savait pas ou ne pouvait pas y arriver. Mais au début c'était un film, un conte de fées. Une situation idéale dont nous avions tous envie. Et elle dansait là dans ce grand cercle et nous incitait à y croire."

La mère et l'amie allument chacune une cigarette. Elles sont tranquillement assises ensemble et regardent la fumée bouger au-dessus de la table.

*

Un morceau aussi joyeux entre deux variations profondément tristes, que pouvait-on bien en faire ? pensa la femme en s'affalant avec un soupir sur le tabouret du piano. L'escamoter, mais il ne pouvait en être question. Elle en avait d'ailleurs aussi assez des soupirs et des gémissements, cette comédie. Trente-deux mesures en *sol* majeur. Se contenter d'étudier, ne penser à rien d'autre.

Toutes les quatre mesures une nouveauté survenait et tout l'art était de relier d'une manière ou d'une autre ces éléments disparates. Il était impossible de trouver un rythme dans lequel tous les fragments puissent être mis en valeur. Je suis en train d'essayer de faire quelque chose que je ne peux plus ressentir, se dit la femme. Cette jeunesse sautillante, ces passages brutaux à un autre idiome, participer sans réfléchir et s'intéresser à tout avec le même enthousiasme – j'en suis incapable. Elle sortit le métronome de l'armoire. Quand on ne comprend pas une chose par soi-même, on peut utiliser des outils. Des passages qu'elle estimait trop lents s'avéraient être trop rapides, et inversement. Bon. Au moins elle le savait. S'adapter. Recommencer. Le tout se transforma en un ensemble impétueux, entourant les battements mécaniques du métronome. Elle s'imprégna des accords dans les mesures où les mains culbutaient l'une au-dessus de l'autre, un *diminuendo* à chaque mesure, mais une montée en intensité sur l'ensemble des quatre mesures, puis plus encore dans les mesures suivantes. Ou bien valait-il mieux, au contraire, réduire la puissance et terminer en chuchotant ?

Il ne fallait pas qu'elle passe son temps à s'agacer de son indécision. Ce qu'il y avait d'agréable avec Bach, c'était qu'aucune indication sur la dynamique n'était donnée dans la partition, on pouvait la concevoir entièrement soi-même. On n'avait d'ailleurs pas à la définir une bonne fois pour toutes, on pouvait s'y prendre tantôt d'une manière, tantôt d'une autre. En dépit de ses hésitations, elle s'aventurait dans ce petit univers pour y jeter un coup d'œil, étonnée de cette gaieté, surprise par cette spontanéité, attentive à toutes les brusques inflexions.

Y avait-il une tempête dehors, pleuvait-il ? Elle n'aurait pas su le dire. Le tragique de la variation précédente et la tristesse de la suivante étaient passés aux oubliettes. Pendant plus d'une heure, elle s'absorba dans la magie dansante, joyeuse, des deux pages de partition posées devant elle sur le pupitre.

VARIATION 15,
CANON À LA QUINTE

La première variation en mineur, maintenant seulement, à la moitié de toute la construction. La femme regardait fixement les notes et pensa au compositeur. Bien qu'elle ait lu de gros livres à son sujet, elle en savait peu sur lui. Des faits sans lien notable : les moments où il examinait un orgue, la période où il avait conçu ses partitas, son déménagement de Köthen à Leipzig. C'était un homme profondément croyant. Elle ne pouvait rien se figurer de bien concret et trouvait dommage de ne pas savoir comment ses œuvres avaient été jouées. Qui les jouait. Les cantates et les passions étaient destinées à l'Eglise, donc elle ne s'y attardait pas. Mais la musique instrumentale, dont il semblait être si fier ?

Peut-être le premier violoncelliste de l'orchestre de la cour était-il venu chez Bach le soir, après le dîner, essoufflé sous le poids de son instrument. Ils s'étaient retirés dans le cabinet de travail, mais avaient laissé la porte ouverte. Le musicien avait pris le violoncelle entre ses genoux et l'avait posé contre ses solides mollets, car la pointe servant à ancrer un violoncelle dans le sol n'avait pas encore été inventée. Il avait tranquillement frotté l'archet en forme d'arc sur les cordes pour s'accorder. Il portait une perruque. La musique, sur des feuilles libres, était posée sur le pupitre au milieu de la

pièce. Bach, assis quant à lui à la table de composition, une main sous le menton, attendait.

"Cela fait déjà une semaine que tu as ça chez
toi, avait-il dit. Vas-y. Je veux entendre un feu d'artifice."

Mais le feu d'artifice ne venait pas. L'homme
jouait la sarabande de la cinquième *Suite pour violoncelle*, un air simple en *do* mineur, sans deuxième
voix, doubles cordes ni ornements. Bach avait levé
des yeux surpris, en entendant les premiers sons,
et fait un geste de rejet de sa main libre. "Ah, laisse
donc, je veux transposer cette suite pour le luth ;
pourquoi choisis-tu un morceau dont je ne suis
pas vraiment satisfait ?" Ses paroles s'étaient enli-
sées dans un marmonnement. Au bout de trois
mesures il s'était tu.

La femme imagina la musique s'élever et prendre
de l'ampleur dans la pièce éclairée par des bougies. Anna Magdalena était venue se tenir dans
l'encadrement de la porte. Elle n'avait pas eu à
imposer le silence aux enfants dans ses jupes,
mais sentait à la diminution de la tension dans leurs
épaules qu'ils resteraient écouter en silence et
avec attention. Peut-être avait-elle eu l'idée à ce
moment-là de recopier au propre toutes les suites,
sur du papier épais, car la pile désordonnée sur
le pupitre à musique ne ressemblait à rien, c'était
une honte pour une musique aussi prodigieuse.
La sarabande. Un air de rien du tout, quelques
notes un point c'est tout. Et pourtant le monde
s'était décomposé. Pleurait-on en public pendant
la première moitié du XVIIIe siècle ? Chez Anna
Magdalena, les larmes coulaient.

La femme estimait plausible que Bach lui-même
ait eu les yeux un peu gonflés quand le violoncelliste avait joué la dernière note, ce *do* aigu qui

semble apparaître lentement. Qu'il se soit raclé la gorge et qu'il ait demandé une musique plus rapide, plus virtuose. La troisième *Suite*, par exemple, avec son prélude imposant. La substance de la sarabande avait-elle disparu quand la maison s'était remplie d'autres sons ? Non, chez Bach rien ne disparaissait jamais. Il avait conservé l'atmosphère de la sarabande quelque part dans sa mémoire géniale et l'évoquait dans cette quinzième des *Variations Goldberg*. Par petites étapes chromatiques, il dépeignait le pur chagrin, chanté par trois voix à un rythme lent.

La femme cherchait patiemment le bon positionnement des doigts, afin de tout exécuter joliment lié et utiliser le poids de la main pour ajouter de subtils accents. Simple. Cela devait rester simple et transparent, car ce que contenaient les notes était suffisamment tragique. Au milieu de la deuxième moitié du morceau, il y avait une mesure où la voix du dessus se taisait. La basse et la voix du dessous descendaient, s'exprimant dans un idiome insaisissable, détaché un instant de quelque tonalité que ce soit, comme si elles renvoyaient à une musique qui ne verrait le jour que des siècles plus tard. La femme frissonna. Maintenant, pas de sentimentalisme, pensa-t-elle, pas d'yeux qui piquent ou de gorge nouée. Ridicule. Le canon devait être exécuté, lentement et sans fautes, jusqu'à la toute dernière mesure, où la voix du dessus montait encore plus haut et où la basse restait dans les profondeurs, comme si elle ne pouvait pas sauver la soprane et devait assister impuissante à son élévation et à sa disparition dans la quinte la plus vide qui ait jamais retenti.

Le bruit d'un vélo qu'on jette contre le mur extérieur. La mère l'enregistre et sursaute. Une fois de plus, la fille n'y tenait sûrement plus dans sa chambre en ville, où elle habite depuis quelques mois. Trois fois par semaine, elle vient à vélo ou demande qu'on passe la chercher pour manger, étudier et dormir à la maison. Et elle repart avec des paquets de café et du papier-toilette dans son sac.

On ouvre la porte d'entrée. Des pas lourds résonnent dans l'escalier et la fille disparaît dans son ancienne chambre d'enfant. La mère est allée vers la cuisinière pour préparer du thé, mais ferme le gaz en entendant en haut des pleurs incontrôlés.

L'enfant porte un pantalon de survêtement usé et un pull dont s'est débarrassé le père. Elle est assise sur le lit, la tête sur les genoux. "C'est fini. Il veut être libre. Je l'en empêche !" De la morve est collée sur sa lèvre supérieure. La mère prend un mouchoir et va s'asseoir à côté de la fille. Elle la serre et nettoie son visage. "Quel con, celui-là !

— Non ! riposte la fille, furieuse. Ce n'est pas un con. Je l'aime. Mais je ne comprends pas ce qu'il veut, c'est tout."

La mère a envie de pleurer avec elle. La fille pose la tête sur les genoux de la mère et laisse la mère la serrer dans ses bras.

"C'est tellement différent de ce que je pensais, maman." Elle soupire, un soupir si profond, enfantin, sans chercher à produire le moindre effet. "Je trouve ça déjà difficile à la maison, tout ce qu'il faut organiser. La nourriture, la vaisselle, s'occuper du chat. Et maintenant ça en plus." La mère caresse les cheveux de la fille. "Il m'aime, c'est sûr, dit-elle, mais il veut être indépendant. Moi, je ne sais pas comment faire une chose pareille. Je veux dire, pourquoi ne m'explique-t-il pas comment faire ?"

La mère se mord les lèvres. Elle n'a pas de leçons de morale à donner. Elle est stupéfaite, très inquiète de la manière dont la vie s'impose à sa fille. La mère d'une amie de lycée atteinte brusquement d'un cancer est morte. Un garçon en classe terminale a foncé dans un arbre avec son scooter. Un avion s'est écrasé, pas loin d'ici, et a détruit un immeuble où vivaient d'anciens camarades de classe de la fille. La fille consacre beaucoup de temps à l'amie qui a perdu sa mère, parle avec les amis du garçon qui s'est tué sur la route et participe à la marche en commémoration des victimes de la catastrophe aérienne. Elle fait tout cela, pense la mère, mais ce qui se passe, c'est trop, trop menaçant pour en prendre la pleine mesure. Comment peut-on s'imaginer qu'un médecin dise à une femme qu'elle n'a plus que cinq mois à vivre, qu'une infirmière sorte de la salle d'opération et dise aux parents que le chirurgien n'a pas pu sauver leur fils, qu'un avion géant en feu tombe du ciel, à cinq cents mètres de la maison parentale ?

La mère pense sous forme de clichés. Qu'on se sent petit, et impuissant. Qu'en contrepartie de chaque joie il y a un chagrin infini dont on ne se rend pas compte, sur lequel on peut la plupart du temps fermer les yeux. Mais qui existe pourtant, dans ce monde bestial, inéluctablement. Qu'on ne peut pas protéger ses enfants contre cela. Qu'elle, la mère, ne peut pas enseigner à sa fille comment y faire face, comment supporter cette impuissance. Elle n'en est elle-même pas capable. Qui le serait ?

Elle reste donc silencieuse dans la chambre d'enfant démantelée et laisse la fille s'appuyer contre elle. Elle voit la rondeur du ventre sous l'élastique du pantalon ; heureusement qu'elle mange suffisamment, se dit-elle. La respiration de la fille se calme progressivement, mais l'enfant reste allongée, rien ne change. Toujours, pense la mère, toujours rester ainsi serrées l'une contre l'autre, impuissantes et tristes. Toujours.

"Ils viennent, maman, j'entends les chiens !"

La fille pointe vers l'autre côté de la baie. La mère vient à ses côtés et scrute dans la direction indiquée. Là où le sentier quitte la forêt de conifères obscure apparaissent deux silhouettes que l'on distingue de mieux en mieux sous l'éclairage du soleil du soir. La première, une stature imposante d'homme, tient un objet serré contre son épaule. Juste derrière lui marche une femme qui porte quelque chose dans les bras. Autour de leurs pieds courent deux chiens noir et blanc en décrivant de petits cercles.

La table est dressée sous le grand tilleul. Derrière le jardin, en haut de la langue de terre qui se prolonge loin dans le lac, se dresse leur maison de vacances, noire et sévère. C'est ici que la famille a passé pratiquement tous les étés, c'est ici que la fille et le garçon ont appris à nager, à cueillir des baies et à parler suédois. A présent ils ont dix-neuf et seize ans, pense la mère, et ils ont encore envie de venir ici, avec nous. Plus tôt dans la journée, avec la fille elle a porté jusqu'au lac la lessive qui avait trempé, en passant devant la fourmilière où, un jour, elles avaient posé une vipère morte pour en retrouver le lendemain le squelette totalement dépouillé, devant les hautes campanules bleues en pleine floraison et entre l'épais tapis de buissons d'airelles rouges, en direction de la vaste étendue d'eau, si claire qu'on voit jusqu'à un mètre cinquante de profondeur. La fille n'en avait pas envie mais elle est tout de même venue en soupirant.

Elles se sont assises à croupetons sur la pierre grise pour rincer lentement les chemises et les slips entortillés, les essorer, les battre à nouveau dans l'eau, les agiter furieusement dans l'air, les gouttes peignant des traits sur la pierre. Une crique plus loin, elles ont vu un brochet qui s'est vite faufilé dans les roseaux. Entre le rinçage et l'essorage, elles ont fumé une cigarette, en riant de leurs doigts mouillés maladroits. Une nouvelle époque va commencer, a pensé la mère, elle a déjà commencé. Elle a réussi son examen de fin d'études, elle va devenir étudiante, elle va partir. En le serrant fort entre ses deux mains, elle a battu le chemisier de la fille dans l'eau, frappant et frappant encore, comme pour retarder l'acte de le poser sur la pile de linge terminé.

Quand le travail a été fini, elles ont retiré leurs vêtements pour entrer dans le lac. L'eau avait un goût de métal. Elle a pris la bouteille de shampooing sur le rebord de la grande pierre et l'a donnée à la fille. Avec des montagnes de mousse sur la tête, elles ont nagé lentement dans la vaste étendue. La fille a jeté un rapide coup d'œil aux roseaux. Puis, se pinçant le nez, elles se sont enfoncées sous l'eau, elles ont senti leurs cheveux flotter dans l'eau propre et elles ont refait surface en s'ébrouant et en riant. A présent, le linge est suspendu sur les fils derrière la maison.

Le couple aux chiens approche sur le chemin bordé de genévriers le long de la baie.

"Il a un violon ! rugit le garçon. Je croyais qu'il allait apporter la corne de vache."

Avant qu'ils partent de leur maison, la maison blanche sur la montagne, à un kilomètre de distance de la noire, le voisin a soufflé un signal auquel le garçon a répondu. A l'entrée du jardin, la famille attend ses voisins. La voisine sourit, soulève le panier de vivres qu'elle porte dans les bras et réprimande les chiens qui sautent. Le voisin joue un air folklorique sur son violon, une polka, pense la femme, une mesure à trois temps sur laquelle on peut marcher tranquillement en titubant. L'instrument paraît petit et vulnérable dans les mains solides. Des bretelles sont tendues sur le ventre du voisin qui porte sur la tête en guise de casquette un mouchoir noué aux quatre coins. Ses cheveux roux s'en échappent de tous côtés.

"Je vais vite aller chercher le vin", dit la fille. Mais ils sont déjà là et ce sont des embrassades et des rires comme s'ils ne s'étaient pas vus depuis une éternité alors qu'hier encore, ils ont rentré tous ensemble le foin, le fils faisant fièrement un tour de tracteur et la fille en haut de la charrette pour attraper les balles de foin.

Le soleil se couche, projetant des flaques de lumière orange sur l'eau. Pourtant, il va continuer de faire jour toute la nuit, si on le souhaite on peut encore lire un livre dans le jardin à minuit. On se rapproche sur les bancs et les chaises en bois. La fille sert le vin, la voisine déballe son panier. Les chiens sont couchés, obéissants, aux pieds du voisin, leurs têtes aux yeux vigilants appuyées contre le sol, leurs arrière-trains tendus comme s'ils étaient prêts à foncer au moindre commandement. Le voisin essuie la sueur sur son visage et tapote la nuque des chiens. Demain, ils doivent être en grande forme, ces animaux, car ils participent au concours de chiens de berger. Ils vont devoir faire ce que le voisin leur demande, même si cela va à l'encontre de leur instinct, ils ne doivent pas traquer le petit troupeau de démonstration, mais l'encercler, en décrivant des cercles toujours plus petits, ils vont guider les moutons pour les faire entrer dans la bergerie, si tout se passe bien.

"On peut venir ? demande le garçon. J'aimerais bien voir ça une fois."

Le voisin, le berger, acquiesce et rit. La fille retire les serviettes des plats. "Nous avons cueilli des myrtilles, ce sera le dessert tout à l'heure. Il y avait tellement de moustiques !"

Puis ils restent assis ensemble en silence sous le tilleul géant. En haut de l'arbre, ils entendent le vague bourdonnement dés abeilles leurrées par la lumière, elles pensent qu'il fait encore jour, qu'il est temps de recueillir le miel. Le père montre le mur de pierres superposées au fond du jardin. Sur la rangée de pierres supérieure est étendue une forme sombre, allongée. Ils regardent. C'est un lièvre, il se repose de toute sa longueur sur la pierre chaude sans se préoccuper des six personnes sous le tilleul.

"Quel calme, ce soir, dit doucement le voisin. Bientôt, on va entendre le cri du plongeon arctique au-dessus du lac. Quel calme."

*

Maintenant j'en suis à la moitié, pense la femme au piano. Qu'est-ce qui a pu passer par la tête de Bach pour qu'au milieu des *Variations Goldberg*, il compose une ouverture ? A peine remis de la fin mélancolique, apaisée, du morceau précédent, il fallait se préparer à un accord complet déclenchant un flot d'incursions capricieuses. Un nouveau début ? Cela paraissait contraint. La rapidité des traits, l'excès d'ornements et la ponctuation des rythmes finissaient par donner l'impression que tout ce jeu était là pour cacher quelque chose. Du théâtre, voilà ce que c'était. L'ouverture, qui sur le plan technique était d'ailleurs elle aussi particulièrement éprouvante, débouchait sur une fugue, là encore un morceau surchargé, impétueux, qui ne trouvait jamais le calme.

La femme secoua la tête et commença lentement, sans pédale, à chercher le positionnement des doigts et le rythme. Toutes les notes rapides devaient donner l'impression d'être plus rapides que ce qui était écrit, c'est également ce que précisait Kirkpatrick dans sa version de la partition ; on jouait toujours dans un rythme furieux jusqu'aux notes plus longues, comme si on était pressé, comme si on avait hâte de quelque chose et qu'on attendît avec impatience d'être arrivé à ce moment-là. L'enfant qui voulait quitter la maison, qui parlait avec excitation à ses amies de l'étage qu'elles allaient louer ensemble, qui peut-être, malgré son appréhension, peut-être par-delà son angoisse, voulait se lancer en avant. De désirs exacerbés, voilà de quoi il était question dans l'ouverture. De désirs avec des œillères, ou bien est-ce que tous les désirs en ont ? La femme se souvint des voyages dans le Nord, à quatre dans la voiture remplie à craquer de cuissardes et de pots de confitures ; des exclamations, chacun vantant tour à tour ce qu'il était le plus impatient de retrouver : la cueillette des champignons, les baignades dans le lac, les retrouvailles avec les voisins. La lumière. La maison obscure. Toute la voiture bourdonnait et brûlait de désirs.

Pour trouver le bon rythme, elle devait s'aider des seuls passages où l'on pouvait entendre une progression constante, même si elle s'interrompait à nouveau brutalement. Des doubles croches exécutées *staccato*, d'abord par la basse, puis par la voix du dessus, qui essayaient de retenir et de brider les désirs fougueux. Ces doubles croches constituaient la trame qui devait encadrer ce chaos quelque peu exalté. Si l'on ne parvenait plus à désirer une chose qui se situait dans l'avenir, si on n'osait plus se réjouir par avance, on était perdu.

La femme travaillait. L'ouverture prenait forme. Sa pensée se déroulait à deux niveaux : sous l'attention concentrée apportée au mouvement et au son apparaissait un tableau estival, brouillé et submergé par les intenses guirlandes de notes.

Le soir sur la haute montagne. Le voisin est assis à la table de son jardin. Il regarde fixement au-delà de la baie en direction de la maison sur la langue de terre. Ses grandes mains sont posées, immobiles, sur le plateau de la table. Sa femme sort de la voiture, parle du troupeau de moutons, elle a quelqu'un avec elle qui veut voir la nouvelle bergerie, elle adresse la parole à son mari, elle approche. Il ne bouge pas.

"Viens avec moi, dit-elle, lève-toi. Qu'est-ce que tu as ?"

Il tourne lentement son visage, sous le mouchoir noué aux quatre coins, vers elle. "Ils ne viennent pas, dit-il avec difficulté. Il est arrrivé quelque chose. Ils ne viennent pas."

Les ornements exigeaient toute l'attention, également dans la difficile petite fugue qui succédait à l'ouverture. Les dents serrées, la femme se débattait pour se frayer un chemin à travers les notes, se cramponnait à la couche supérieure de sa conscience, pensait aux mouvements rapides de ses doigts et à rien d'autre, à rien.

*

Le père a loué une fourgonnette. Il klaxonne impatiemment depuis l'emplacement où il est garé,
sort et ouvre la porte du garage. Il regarde d'un
œil critique la collection d'affaires qui y sont entassées. Une table. Des cartons de déménagement.
Une petite armoire. Des chaises. Des valises. Une
pile de casseroles. Des seaux. Un miroir dans un
cadre. La fille entre dans le garage avec une montagne de manteaux dans les bras. Elle s'effondre
sur une chaise de cuisine et laisse tomber sa tête sur
la pile de vêtements. Gémissement étouffé.

"Papa ! Aide-moi !

— J'étais en train de me demander comment
j'allais tout charger, dit le père. Ces cartons ne sont
pas bien fermés. Nous allons devoir faire deux
voyages. Est-ce que tout est là ?

— Je ne sais pas. Maman me prépare encore
des affaires pour la cuisine. Cela fait vraiment beaucoup ! Ce n'est pas grave, si ?

— Arrange-toi pour tout mettre ici, comme ça
j'aurai une vue d'ensemble."

Il ouvre l'arrière de la fourgonnette et s'affaire
avec des couvertures de déménageur et des jambes
de force. La fille va dans le jardin pour parler au
lapin, qui est assis à l'avant de son clapier, le mu-
seau appuyé contre le grillage. Elle se penche pour
arracher du sol une feuille de pissenlit.

"Tiens, c'est pour toi, mange. Je reviendrai te nourrir toutes les semaines." Prise de sanglots, elle court
dans la maison en passant par la porte du jardin restée ouverte, elle monte l'escalier jusqu'à sa chambre.

Assise sur le lit, la mère regarde autour d'elle.
Elle porte un vieux chemisier. "Cela fait vide ici
maintenant", dit-elle. La fille, hoquetant encore, va
s'asseoir à côté d'elle.

"Je prends toutes les belles choses avec moi. Les choses importantes."

Les étagères vides dans la bibliothèque. Des endroits plus clairs sur les murs là où les posters étaient accrochés.

"Nous allons repeindre, dit la mère, pour que cela redevienne accueillant, un endroit agréable qu'on aime retrouver. En bas j'ai préparé pour toi un carton avec des assiettes et des verres et ce genre de choses. Et cette semaine, nous irons ensemble acheter des draps. Des serviettes.

— Tu es fâchée ?" demande la fille. La mère se tait. Oui, elle est furieuse, elle est épouvantée que cela se passe vraiment et qu'elle doive en plus y participer. Elle est prise au piège de tous côtés par un sentiment de révolte. Elle veut retenir la fille – il est trop tôt, tu es trop jeune –, mais elle s'y refuse. Elle veut se réjouir que son enfant ait envie de mener une existence autonome, être fière de son esprit d'entreprise, de l'audace dont témoigne son déménagement, mais elle ressent de la colère et une certaine résistance quand elle y pense.

"C'est une belle maison. Tu vas t'y sentir bien. Et ce sera sympathique, avec ces autres filles. En même temps c'est désagréable que tu partes. Triste."

La fille se lève d'un bond et tape du pied par terre. "Mais ils partent tous. C'est dans l'ordre des choses, maman ! Cela n'a RIEN de grave." Elle a les larmes aux yeux. La mère soupire et change de position. Elle sent quelque chose contre sa cuisse, soulève les couvertures et voit la poupée.

La jeune fille retire brusquement la poupée du lit et la serre contre elle. Elle sort de la chambre. La mère entend des pas traînants dans l'escalier, la porte du garage qui claque, le vrombissement du moteur de la fourgonnette qui monte en puissance.

Le voisin est debout sur le quai. De sa grande stature, il domine les personnes qui attendent. La jeune fille le voit dès que le train arrive en gare. Elle pince le bras de son ami.

"Regarde, là, avec le mouchoir sur la tête, il est venu nous chercher, c'est vraiment gentil !" Elle déboule du train et s'élance avec son gros sac en faisant de grands gestes à l'intention de l'homme qui attend. L'ami, timide, la suit à une certaine distance.

"Alors, dit le voisin, pour une fois tu viens ici sans tes parents. Comment se passe la vie étudiante à Stockholm ? C'est dur ?"

La jeune fille pouffe de rire. "On n'arrête pas de faire la fête. Je n'ai vraiment pas beaucoup travaillé. Que s'est-il passé ? Tout a l'air si différent." Sur la place devant la gare de la petite ville de province, ils regardent tous les trois autour d'eux.

"Une autre saison, dit le voisin. Tu es toujours venue ici en été. Maintenant les arbres sont d'un vert plus pâle. Pas de touristes. Les boutiques ferment plus tôt."

Pendant le trajet jusqu'à la maison dans la montagne, la jeune fille bavarde dans différentes langues. Elle raconte en suédois au voisin qu'elle a eu vingt-cinq ans la semaine précédente, indique en néerlandais à son ami un sentier sombre dans la forêt où elle avait toujours peur, enfant, parce qu'elle était sûre que des trolls terrifiants y habitaient, puis passe à nouveau en rougissant à l'anglais pour que tout le monde puisse comprendre la conversation.

Une fois arrivée, elle serre la voisine dans ses bras et affronte courageusement l'accueil des chiens.

"Où sont les moutons ? Est-ce que nous pouvons dormir dehors cette nuit ? Au bord du lac ? Est-ce qu'on peut déjà y nager ou est-ce que l'eau est encore glaciale ?"

Mieux vaut dormir dans le grenier à foin, dit le voisin, c'est plus à l'abri. Il n'y a pas encore de moustiques.

"Oh oui, là-bas en bas, du côté de notre ancienne maison !" Elle montre à son ami une longue remise en bois le long de la baie. Sur le pré, devant, broutent des moutons.

Elle ne tient pas en place. A tout propos elle se lève de table et sort en courant de la cuisine pour aller regarder les parterres de fraisiers ou s'appuyer contre la hampe du drapeau d'où l'on a une si belle vue sur la langue de terre en contrebas. Après le repas, elle s'assoit avec le voisin sur le seuil de la porte pour fumer une cigarette.

"Tu ressembles à ta mère, dit-il. Je m'asseyais aussi toujours avec elle ici. On examinait les champignons. On parlait de musique."

La voilà qui bondit de nouveau et le voisin l'entend discuter dans la cuisine avec sa femme. Où faut-il ranger les couteaux essuyés, peuvent-ils emporter une lampe de poche en bas, les moutons vont-ils venir l'embêter si elle fait pipi la nuit dans le pré ? L'ami marche lentement sur le terrain. Il se tait.

A l'intérieur, ils se resservent du vin. La voisine fait une photo du couple, le garçon et la fille, appuyés contre le plan de travail, penchés l'un vers l'autre. Tout le monde rit. Puis ils enfilent des cuissardes et prennent les sacs de couchage.

"Tu ferais bien de te laver les dents ici, dit la voisine, comme ça ce sera fait."

Le voisin les accompagne en bas. Sur le sentier entre les genévriers, on distingue nettement chaque pierre, chaque brin d'herbe.

"Est-ce que les moutons ne sont pas déboussolés quand il fait jour tout le temps ?" demande l'ami. Il a posé sa main sur la nuque de la fille. Le grenier à foin s'élève, noir et haut, au bout du chemin. Le voisin décoince la grande porte, à l'intérieur règne une obscurité inattendue. Ils grimpent prudemment en haut en empruntant des échelles qui craquent, en passant par-dessus des balles de foin entassées. Avec la lampe de poche. Le grenier à foin est entièrement ouvert du côté du pré. Le voisin coupe les ficelles qui retiennent quelques balles pour éparpiller le foin sur la couche inférieure.

"Comme cela vous serez confortables." La fille s'allonge pour tester. "D'ici je vois votre maison !

— Envoie un SOS avec la lampe de poche s'il y a du danger.

— Que voulez-vous dire ? demande l'ami. On n'est pas en sécurité ici ?"

Personne ne répond. Dans le silence on entend les mâchoires broyeuses des moutons, les mouvements brusques avec lesquels ils arrachent l'herbe pour la brouter, le soupir de la fille.

Le voisin part. Ils le suivent du regard, le voient marcher d'un pas bondissant sur le sentier jusqu'à ce qu'il disparaisse dans l'obscurité à la lisière de la forêt.

"Demain je te montrerai notre maison. Plus personne n'y habite. Tout est vide ici. Nous sommes seuls.

Là-bas, dans le bois à côté du pré, il y a le nid du balbuzard. Tu le verras demain si nous allons nager."

Elle se réveille très tôt le matin. La lumière a changé, elle est plus grise. Les moutons dorment dans des traînées de brume rappelant la mer à marée basse. Avec précaution, elle se dégage du sac de couchage, enjambe le garçon qui ronfle et descend l'échelle pour sortir de la remise. Sur le sentier qui mène à la maison noire un petit animal s'est arrêté, un chien pense-t-elle, non, c'est un renardeau qui, de ses yeux vifs et gentils, la regarde avant de disparaître dans les herbes hautes. Elle fait le tour de la maison et se hisse sur la pointe des pieds devant chaque fenêtre pour regarder à l'intérieur. La cuisine, où elle faisait des confitures de framboises avec sa mère, la grande entrée, où elle jouait au berger avec son frère, la cheminée, où elle faisait du feu avec son père. Le petit perron à l'arrière, au-dessous duquel vivait le méchant bourdon géant. Toute ma jeunesse, se dit-elle, ce n'est rien à vrai dire, rien qu'on puisse expliquer, rien de spécial. Et pourtant c'est tout. Je peux la lui montrer, mais peut-il la voir ?

Quand elle retourne dans le grenier à foin, il est assis.

"Il y a de la vermine qui grouille partout ici ! J'ai vu une souris !

— Il faudrait que tu voies chez moi ! A Amsterdam, j'ai élevé des dizaines de familles de souris. Je suis une spécialiste ! Allez viens, on va nager."

*

L'agitation de la variation 17 lui donnait du souci ; tendue comme un ressort, elle essayait de freiner le tempo. Cela menaçait de l'entraîner dans une course, surtout dans les longues séquences descendantes sans ligne mélodique précise. C'était du mouvement pur, qui incitait à prendre aussi son élan.

Elle décida cette fois de se passer des indications de Kirkpatrick. Jouer ce qui est écrit, laisser les mains trouver leur voie en se croisant et en se chevauchant, frapper les touches délicatement et rapidement, lever aussitôt les doigts pour faire place à une nouvelle attaque. Tout le morceau en chuchotant, peut-être avec la pédale de gauche, en tout cas aussi retenu que possible pour le son. Vers la fin se ranimer un instant, donner un peu plus d'intensité près de ce *do* aigu, le ton le plus aigu de toute la variation ? Du moment que cela ne se met pas à retentir, se dit la femme. Cela ne doit pas devenir expressif, mais rester un simple murmure. Curieux d'avoir à sa disposition un piano à queue aussi énorme, où l'on pourrait imiter des hippopotames en pleine course et une charge d'éléphants, et d'opter pour des pas de souris.

Toutes les doubles croches dans une voix avaient leur contre-pied dans l'autre. Point contre point, presque partout. Chaque son est lié à un autre son. Chaque pas que l'on fait, on devra le faire une nouvelle fois. Que fallait-il en déduire ? Ce morceau ne se prononçait pas à ce sujet. Il laissait entendre qu'il en était ainsi, que le présent et le passé étaient collés l'un à l'autre et ne pouvaient à aucun moment se détacher. Pas de résonance, pas de timbre, mais un entrelacement et un mouvement le souffle coupé. Elle n'avait besoin de rien sentir ni expérimenter du moment qu'elle jouait les notes avec précision et maîtrise, qu'elle les touchait, doucement, pour que le son disparaisse à nouveau aussitôt. Oui.

Glenn Gould n'aimait pas se donner en public. Un concert pour piano, qu'il vivait comme un combat entre l'orchestre et le piano, était pour lui un cauchemar. Quant au récital, où, seul avec son piano à queue sur scène, il se savait épié et jugé par le public, il s'en faisait une idée guère plus positive. C'est encore sur le banc de l'orgue qu'il se sentait peut-être le plus libre, caché derrière le buffet de l'instrument et le dos tourné à la nef de l'église.

La femme s'était plongée avec étonnement dans les programmes de ses rares récitals de piano. Hindemith, Haydn, Krenek, Schönberg. Etonnée, elle avait lu que Gould jouait parfois à la suite les uns des autres tous les canons des *Variations Goldberg*, couronnés par le quodlibet. Curieux que cet homme farouche, craignant tant la société, ait choisi parmi la multitude de variations précisément les morceaux qui recouvraient tout l'éventail des relations possibles entre deux personnes. S'imiter, s'approuver, se contredire ; adopter un point de vue harmonieux ou dissonant ; se détacher l'un de l'autre ou fusionner, mais toujours en étant inévitablement impliqués l'un vis-à-vis de l'autre. Peut-être n'a-t-il jamais eu cette impression, pensa la femme, peut-être la musique l'a-t-elle justement protégé contre ce genre d'idées bizarres. Ce que la musique a de libérateur, c'est justement de permettre de renoncer aux mots déprimants, gênants, pour se mettre à penser en sons, en lignes, en accords. Rien n'avait besoin d'être formulé ou traduit.

Elle s'absorba dans le présent canon, qui appartenait sans aucun doute au champ de la consonance. La sixte est un intervalle charmant. La deuxième voix qui, dans les sixtes, imite la première n'oppose pas d'objection mais forme un écho tendre, dépourvu de critique, empreint d'une pointe de chagrin. Tandis qu'elle jouait, elle était si occupée à dessiner ces deux voix l'une par rapport à l'autre qu'elle ne s'aperçut pas de l'importance de la basse qui, progressant à une cadence implacable et imperceptiblement, faisait tenir l'ensemble par sa présence discrète.

*

"Et maintenant ? demande la fille quand elles quittent l'agence de la banque. Nous n'allons pas en parler, j'ai déjà eu cette discussion avec papa. Je sais. Tout va changer. Merci. Pour l'argent."

C'est une journée grise, maussade. Il ne pleut pas, pourtant les visages et les cheveux sont humides et les pavés ont viré au gris foncé.

"Très bien, dit la mère. Nous avons passé assez de temps en réunion. Maintenant tu peux repartir à zéro avec une ardoise nette. Qu'est-ce qui te ferait envie ? Un peu de lèche-vitrine, un café, un tour au marché ?"

La fille regarde en direction des étals. "Beurk. Cela se voit d'ici que ça pue le poisson. Et puis il y a bien trop de monde."

D'un pas décidé, elles partent dans la direction opposée. Elles traversent le fleuve, rient en voyant un bateau qui s'appelle *Tout est éphémère* et finissent par se retrouver au jardin botanique.

"Oui, dit la fille, là c'est bien ! Regarde, ils ont un médecin des plantes ici, je peux venir à la consultation avec mon cactus."

Derrière la petite entrée exiguë s'ouvre une forêt d'arbres luisants vert foncé. L'endroit est désert. Elles se promènent au hasard, appuient ici et là la main sur un tronc d'arbre et jettent un coup d'œil aux pancartes plantées dans le sol. Dans la serre aux palmiers, elles grimpent l'étroit escalier en colimaçon pour regarder la jungle d'en haut. On peut la longer en prenant une mince passerelle à travers laquelle on regarde droit dans le vide. Elles ne le font pas. En bas un banc est installé à côté d'une chute d'eau artificielle. La fille aperçoit des poissons rouges dans le bassin. Elles s'assoient. Elles respirent l'air chaud, humide.

"Tu te souviens quand nous allions voir autrefois le *Victoria Regia* ? demande la mère. Il s'épanouissait la nuit. Cela sentait l'ananas.

— Tu parles toujours d'autrefois. Maintenant, c'est le présent, tu sais ?"

Au loin, des gens entrent en faisant du bruit. Une porte claque. La mère et la fille se regardent et se lèvent en même temps. La fille se dirige résolument vers la sortie, la mère lui emboîte le pas. Dehors, la fille indique une petite serre le long de l'allée.

"Regarde, les plantes carnivores. Ça, je m'en souviens : nous en avions trouvé en Suède. On les avait posées sur une soucoupe et on leur donnait des moustiques morts quand on se mettait à table. Sinon c'était triste.

— On va jeter un coup d'œil alors ?"

La fille secoue la tête. Elle poursuit son chemin en passant par l'arrière du jardin, où s'étend une serre longue et étroite. Une pancarte est suspendue sur la porte : "Entrée interdite. Serre à papillons."

Elles entrent. Il fait chaud, mais plus sec que dans la serre à palmiers. Une chaleur qui rappelle l'été. Dans les bacs sur les côtés fleurissent d'innombrables plantes. Une fragrance sucrée, à laquelle se mêle une légère odeur de pourriture, emplit l'air. Il règne un tel calme qu'elles entendent goutter un robinet. La mère passe le long des fleurs odorantes. Soudain, elle se retourne, comme si elle se demandait pourquoi les pas de la fille ne suivent pas.

La fille est totalement immobile sur l'étroite allée carrelée. Les bras pendant le long de son corps, elle a les yeux fermés. Autour de son visage volent de grands papillons sombres. Violets, rouge foncé, brun-roux. L'un d'eux vient se poser sur son front, juste à la limite des cheveux. Un autre bat des ailes contre sa joue. La fille sourit. Les papillons lui couvrent les mains, les oreilles, le cou.

La mère sent soudain des larmes lui monter aux yeux. Elle agrippe solidement le rebord d'un bac à fleurs et regarde sans interruption la fille embrassée par des papillons.

Que faire un dimanche après-midi d'automne ? Ce n'est pas un bel automne, une pluie glaciale s'abat contre les façades et sur les pavés, le ciel est couvert et sombre. La tête baissée, les gens traversent les ponts et marchent le long des canaux pour se rendre au musée ou à la salle de concert. Dans le hall du palais de justice aménagé en maison de la culture, les visiteurs tapent des pieds pour faire tomber la boue de leurs chaussures et secouent leurs parapluies. Grelottants, ils franchissent les portes vitrées et se dirigent vers l'emplacement du café. Il y fait bon et le murmure des voix et le tintement des verres suscitent d'agréables attentes. Programme littéraire dans la petite salle, mais d'abord un verre de vin, on peut se le permettre, il est quatre heures ; du rouge plutôt, avec ce froid.

Un jeune homme en noir, boutonneux et coiffé en queue de cheval, ouvre les portes de la salle et se poste à côté pour contrôler les billets. Le public afflue : des couples aux cheveux grisonnants, des femmes à la quarantaine bien avancée portant bottes et écharpe, de vieux étudiants dont les sacs contiennent peut-être un manuscrit non publié, des jeunes filles fraîches aux joues rouges et glacées. Il faut ajouter des chaises, la salle est pleine aujourd'hui.

Le présentateur du programme est un critique érudit, incisif. Aidé de deux confrères, il va passer en revue et critiquer les livres parus le mois précédent. Le trio va décider de ce qui est de la littérature ou non, pour que le public n'aille pas se mettre de curieuses idées en tête. S'ils se montrent sévères, ils rendront cependant justice aux lois de la littérature. Le présentateur se frotte les mains, fait tomber le microphone de la table et souhaite la bienvenue au public.

Pendant une heure entière, opinions savantes et commentaires sarcastiques s'échangent à la volée. Des recueils de poèmes sont rejetés avec mépris sur la table, des romans résolument mis au rebut. Seul un poème en prose postmoderne d'un auteur inconnu reçoit un avis qui peut passer, avec une certaine bonne volonté, pour satisfaisant. A un rythme effréné, les intervenants se bombardent de catégories littéraires, de réflexions sur la philosophie du langage et l'art de la perspective. Pour finir, ils concluent avec satisfaction que ce mois-ci n'a, une fois encore, strictement rien donné. Le présentateur annonce la pause.

"Pour vous permettre de reprendre des forces, nous avons une attraction exceptionnelle cet après-midi. Un groupe. Des jeunes gens, des étudiants. Ils vont vous distraire, vous pouvez sortir de la salle pour aller boire un verre, vous pouvez aussi revenir avec votre verre. C'est ce que je ferais à votre place, car nous avons une chanteuse magnifique. La voici, on l'applaudit chaleureusement si vous le voulez bien !"

Epuisé, il s'effondre dans son fauteuil et commence à feuilleter les livres et les papiers posés sur le rebord de la table. Les membres du groupe apportent leurs instruments et leurs pupitres. Dans la sono retentit soudain un violent sifflement. Plus de la moitié du public a déjà filé.

Les musiciens se sont placés à côté de la table. Des percussions, une basse, un clavier et une jeune fille timide avec une guitare. A l'avant, derrière le support du microphone, se tient la chanteuse. Elle porte un pantalon gris foncé, des tennis et un chemisier à manches courtes. Ses bras nus paraissent à la fois potelés et fermes, comme chez un petit enfant. Elle a rassemblé ses cheveux en un chignon sur sa nuque. Le visage grave, elle dégage le microphone. Elle regarde derrière elle, cherche à croiser le regard de chacun de ses collègues et fait un bref signe de tête. La musique se déchaîne.

Les gens qui s'acheminaient vers la sortie retiennent leurs pas et se retournent. La salle se remplit de puissants accords prolongés, sur lesquels la ligne vocale serpente avec souplesse et agilité. Les musiciens s'en remettent au chant, la concentration se lit sur leurs visages et capte l'attention des auditeurs. Le son paraît, par sa simplicité, balayer de la salle l'excès de mots et de concepts compliqués. Le contraste est tel entre le débat littéraire et la fraîcheur de la musique que les musiciens paraissent encore plus jeunes qu'ils ne le sont.

La chanteuse s'en donne à cœur joie. Adaptant ses mouvements au rythme accéléré de la musique, elle articule le texte rapide de façon exemplaire. Avec un sourire et d'un geste enfantin, elle invite les différents membres du groupe à exécuter leurs solos. Elle recule d'un pas pour suivre avec intérêt ce qu'ils font. Puis elle intervient de nouveau, expulsant vite et énergiquement le dernier refrain. Applaudissements. Quelques spectateurs crient leur enthousiasme. Le présentateur, qui entre-temps s'est fait servir une bière, déplace les papiers d'une pile sur l'autre.

Les membres du groupe vont s'asseoir à l'arrière de l'estrade. La guitariste avance sa chaise au niveau de la chanteuse. Debout, la tête inclinée, la jeune fille attend le silence. Les conversations cessent, un pied de chaise racle le sol en crissant, quelqu'un donne un coup de pied dans un verre, qui se renverse.

Après la violence du morceau précédent, les accords de guitare semblent ténus, prudents. Le son disparaît à peine a-t-il été produit ; les auditeurs tendent l'oreille pour suivre malgré tout la ligne mélodique. La chanteuse ferme les yeux et approche le microphone si près de sa bouche que ses lèvres touchent le métal. Elle le tient à deux mains ; elle garde près de son corps ses bras qui, il y a peu, s'agitaient encore sauvagement dans tous les sens en marquant le rythme. Elle commence à chanter doucement, et soudain il règne un tel silence dans la salle que les murs paraissent se rapprocher et qu'il n'existe rien d'autre que l'espace intime où la jeune fille tisse sa chanson. Le texte évoque une rencontre avec un garçon, comment il était, ce qu'il disait. Sa voix est retenue et triste, mais ces indications en disent déjà trop. Par de subtils glissements rythmiques, elle danse au rythme fixe de la guitare. Avec naturel et spontanéité, elle place les temps forts, mais toujours avec calme et douceur. Pendant toute la chanson, elle reste dans l'éventail des sons discrets. Elle apporte les nuances et les accents non pas en forçant le ton, mais à l'aide d'un étonnant phrasé.

Le regard du public est prisonnier de son visage ovale tranquille aux paupières délicates. Les auditeurs ne se demandent pas ce qui est en train de se passer mais se laissent pénétrer par le son. Leur attendrissement pour les jeunes musiciens enthousiastes s'est évanoui. Ce qu'ils entendent à présent est sérieux. Le présentateur a posé ses mains sur les piles de papiers, il écoute. Où est la jeune fille bondissante et enthousiaste qu'il avait invitée à venir chanter ? Sur la scène se tient quelqu'un qui exprime la sagesse, la distance et l'abandon. Sur la scène se tient une femme.

*

Une mesure à trois-huit. Trois voix. Le thème d'abord donné par la voix du milieu, en doubles croches. Un menuet ? Le deuxième temps paraît toujours un peu plus lourd : une sarabande ? Pas trop vite, en tout cas. Et pas trop fort. Essaie de jouer le thème, repris toutes les quatre mesures par une autre voix, comme si les cordes étaient pincées sur une guitare, toutes les notes détachées les unes des autres, pas saccadées mais simplement déliées. Un exercice de toucher.

Voilà ce que pensait la femme. Elle aimait ce morceau sans prétention, cette danse timide. Elle entendait mentalement les trois voix ainsi que les relations entre elles et essayait de dresser ses doigts à rendre justice à cette interprétation. Certaines éditions portaient l'indication "pour le luth" en haut de la variation 19. Bach ne faisait pas allusion à l'instrument, mais au registre du clavecin que l'on appelait ainsi. Quand on l'enclenchait, le son était sourd, intense, intime.

Elle devait situer le morceau dans la série des variations, elle ne devait pas se perdre dans ce qu'elle avait sous les mains, mais être consciente du chant franc et mélodieux qui avait retenti auparavant et des explosions sauvages qui allaient suivre. Il était difficile de rester en retrait de cette dynamique, de rendre la ligne mélodique plus par le tempo et le rythme qu'à travers des nuances dans la puissance sonore. Le morceau l'incitait sans cesse à jouer plus fort qu'elle ne le souhaitait vraiment. A la moitié de la deuxième partie, ne parvenant plus à respecter le toucher de guitare mesuré, elle enchaîna pendant quatre mesures des notes très liées, sans en augmenter le son mais totalement *legato*, pour qu'elles résonnent davantage. Durant les quatre dernières mesures, elle recommença à imiter la guitare.

Avec retenue. Ne lâchant jamais les rênes. En se penchant sur le clavier. Laissant les doigts faire leur travail avec légèreté et assurance. Résister au chagrin qui sourdait, le contourner par les sons étouffés de guitare, l'expulser en jouant calmement et sans inquiétude cet air intime.

La lumière de la lampe du piano formait un cercle protecteur dont la partition, le clavier et les mains étaient prisonniers. Le réglage de la lampe exigeait une grande précision. Quand la tête était trop tournée vers la partition apparaissait sur les touches une bande d'ombre qui détournait l'attention. Trop orientée de l'autre côté, la lampe éblouissait les yeux. Quand on la fixait trop haut, on ne voyait rien, trop bas, on se cognait la tête en se penchant au-dessus des touches.

Avant de se mettre à jouer, la femme prenait le temps d'installer la lampe dans la position parfaite, comme un geôlier qui contrôle les murs d'une cellule à la recherche de ce qui n'a rien à y faire puis referme la porte. Sauf que, en l'occurrence, elle restait à l'intérieur. Sauf que les murs étaient faits de lumière. Sauf que la durée de la peine n'avait pas été fixée.

Derrière les parois du cachot se dressait l'ombre où se dissimulait la source d'une escalade dans l'effroi. Il y avait la pièce dans toute son étendue, la table y occupant une large place avec son fardeau de papiers, de livres et de photos. Il y avait des fenêtres, derrière son dos, invisibles. Au-delà des fenêtres commençait le monde que tous aimaient, un monde où on était MAINTENANT, où les traces d'autrefois s'effaçaient facilement, où les façades ne demandaient qu'à être peintes et où les arbres aspiraient à l'arrivée du printemps.

Le printemps d'autrefois, passe encore. Qui sait, peut-être était-ce le printemps dans la tête de Bach quand il avait composé la vingtième variation, pleine de ces joyeux accords ascendants, sans cesse arrosés de gouttes de pluie *staccato*, exécutés par l'autre main. Le murmure de ruisseaux où l'eau giclait, charriait, se dispersait dans l'allégresse et retombait en un flot écumant. Des ruisseaux qui entraînaient les résidus de l'hiver, les feuilles pourries, les nids d'oiseau abandonnés, les papiers jetés. L'eau tourbillonnait, chassait devant elle tout ce qui n'avait pas d'attache, dans une griserie printanière, une saine ivresse qui savait ne pas dépasser les bornes. Trente-deux mesures, pas une de plus.

Tout en s'entraînant, elle pensait au monde extérieur. Tant que ses doigts étaient reliés aux touches, elle se sentait suffisamment en sécurité. Des profondeurs de son cerveau s'éleva une odeur, l'odeur de l'eau le soir. Les jeunes voisins l'appelaient, elle sortait, prenant conscience qu'un monde existait à l'extérieur des murs de la maison. Ils jouaient dans un pré, bavardaient sur un sentier de dalles rondes entre lesquelles poussait de l'herbe. Voilà ce que sera la vie, s'était-elle dit avec son cerveau de petite fille, ça et encore beaucoup d'autres choses. Dans cette immensité, je peux vagabonder le reste de mon temps. Cela avait été un sentiment presque solennel, qu'elle n'avait pas pu formuler à l'époque, mais qui pourtant resurgissait à présent totalement intact.

Le dos tourné au monde, elle se mit à étudier les accords et les triolets enfilés comme des perles.

*

"Alors, raconte !" dit la mère.

Le garçon hisse sa valise sur un chariot et lui lance un regard de côté.

"Dur, dit-il, deux semaines sans dormir ! Ça va bien là-bas. Très bien." Il passe le bras autour des épaules de la mère. Lentement, ils poussent le chariot dans le parking de l'aéroport.

Dans la voiture, il s'étire et bâille. "Elle était super-contente que je vienne. Nous avons dormi ensemble dans sa chambre. Enfin, quand nous dormions. Cela sentait la même chose que dans son appartement, ici. Ils sont vingt étudiants à vivre dans un seul couloir et tout le monde partage la même cuisine. A la suédoise, chacun a son propre frigo. Ils sont alignés le long des murs, imagine, un rempart de vingt frigos. Au milieu de la cuisine, il y a une table gigantesque. On montait dessus pour chanter."

Le garçon sourit et s'affaisse sur son siège. La voiture s'enfonce dans le brouillard ; à l'extérieur de la voiture, qui les berce, tout est gris.

"Et puis on a fait une fête où on a fait griller des saucisses fumées. Ça a duré trois jours ! Et on est allés dans des discothèques sélectes à Stockholm où on apportait de petites bouteilles de vodka qu'on avait glissées dans nos poches de pantalon. Cela n'arrêtait pas. La fête tous les jours. La plupart du temps, on restait sur le campus. Il n'y avait que des étrangers, donc on n'a pas vraiment eu l'occasion de parler suédois. Elle chante dans une chorale. Ça, c'est en suédois, bien sûr. C'est bien, ce qu'ils font, je les ai accompagnés à une répétition. Ils chantent tout par cœur !" Il fredonne un air, tape rythmiquement sur sa cuisse.

"A mon avis, elle ne se fait pas de souci, là-bas. Elle est relaxe. Pour ce qui est de ses études, elle n'a pas vraiment le temps. Ecoute, rien que de laver son linge, c'est déjà toute une histoire. Il faut réserver une heure fixe, dans ces drôles de locaux en sous-sol avec des machines à laver. On a mis le réveil exprès pour ça, très tôt le matin, on a trimballé dans la neige des sacs remplis de vêtements qui schlinguaient. La lessive oubliée, demi-tour, plus de jetons, direction le bureau, fermé. Bref, le truc impossible. Quand on a enfin été prêts, le suivant était déjà là avec son linge en train de tapoter sur le cadran de sa montre. En revanche, on a beaucoup ri.

Elle a organisé le championnat du monde de badminton. C'était un événement sensationnel. C'est tout à fait son style, de réunir tous ces étrangers. Des Français, des Autrichiens, des Finlandais, tout le monde qui vivait là-bas sur le campus dans une grande salle de sport, avec de petits drapeaux et chaque pays avec sa couleur de maillot. On a caché les boissons alcoolisées dans les casiers des vestiaires, parce que c'est interdit là-bas, l'alcool. Dans les gradins, on était là à crier et à hurler quels que soient les joueurs. Elle écrivait le score sur un tableau. Les Espagnols étaient totalement fanatiques, et ils ont gagné d'ailleurs, enfin d'après ce qu'on a pu en juger. On devait tous chanter à chaque fois notre hymne national, en cas de victoire ou en cas de défaite. Un vigile suédois très comme il faut est venu vérifier d'où venait tout ce bruit. Elle embobine ce genre de gars comme elle veut, en un rien de temps, il était dans l'assistance à pousser lui aussi des grands cris. Je suis crevé !"

La mère sort de l'autoroute. Ils roulent entourés de prés où des vaches ont les pattes dans la brume.

"Le plus sympa, c'était quand on était ensemble dans sa chambre. Comme avant. Une fois par semaine, le mardi, tout le monde ouvre sa fenêtre, à six heures pile. Puis ils se mettent à crier. Le plus fort possible. On voit des têtes rouges apparaître à toutes les fenêtres des appartements. Le bruit se réverbère. Les murs sont en béton, tu sais. Un tourbillon de bruit. On était penchés à sa fenêtre, tous les deux. On s'est regardés et on a été pris d'un fou rire. On était tombés dans un endroit où tout était complètement délirant, les choses ou les gens, et pourtant on était parfaitement à l'aise. Maintenant, il va vraiment falloir que je dorme pendant trois jours."

En silence, la mère conduit la voiture entre les nuages bas. A côté d'elle, le fils s'endort.

*

Le monde derrière les vitres semblait exercer sur la femme une traction qui l'empêchait de se concentrer pleinement sur le travail qu'elle avait sous les mains. Peut-être le mot "traction" était-il trop fort et s'agissait-il plutôt d'une fluctuation gênante de son attention car sa conscience était d'une certaine manière tiraillée par l'idée perturbante qu'en dehors du cercle de lumière, en dehors de Bach, toutes sortes de présences attendaient. L'attendaient.

Elle haussa les épaules. Il n'était pas question qu'elle tourne le dos au clavier, qu'elle porte un regard intéressé sur l'extérieur. C'était ici, dans la chaude lumière jaune de la lampe du piano, c'était ici que cela se passait. C'était ici qu'elle pouvait faire danser une jeune fille dans une salle de sport à Stockholm, ici qu'elle faisait entrer ce qui était dehors. Elargir, pensa-t-elle. Rester dans le cercle de lumière, mais tout de même chercher un plus vaste horizon. Au-delà de Bach ? Pourquoi n'étudiait-elle pas, parallèlement aux *Variations Goldberg*, un autre morceau : une étude de Chopin, une sonate de Brahms, quelque chose de Ravel ? L'ensemble du répertoire de piano attendait patiemment dans l'armoire à partitions, il lui suffisait de se lever et d'aller en extraire une musique à sa convenance. Elle ne se leva pas. Elle resta assise entre les parois de lumière et joua la variation 20.

Elle réfléchit aux contrastes. Les *Variations Goldberg* étaient difficiles à jouer sur le plan technique et, par là même, masquaient d'autres difficultés. Une des difficultés résidait dans l'immense contraste d'une variation à l'autre. A l'instant, elle jouait encore la variation 20, partageant vivement son attention, selon les mesures, entre ses mains manquant de culbuter dans le tourbillon des séquences de triolets où, à chaque note, elle devait s'assurer que le doigt qui appuyait sur la touche se retire à temps, encore plus vite que le déroulement de sa pensée ; à chaque plongeon dans les profondeurs, elle devait prévoir le prochain bond en l'air, chaque immobilité portait en elle une course essoufflée.

Aussitôt après commençait le lent canon à la septième. En mode mineur, sans hâte, apaisé. Etait-ce la variation que Glenn Gould avait jouée lors de son premier enregistrement, d'après ses propres dires, comme un nocturne de Field ? La femme pouvait le concevoir sans difficulté. Une ligne montant prudemment qui aussitôt après redescendait et exigeait un rubato. Des pas hésitants espacés par un intervalle de seconde, qu'on ne pouvait pas jouer sans de dramatiques changements de rythmes. Chanceler, grimper, tomber, ce genre d'histoires.

Pourquoi une mélodie qui monte puis descend provoque-t-elle tant de tristesse ? Est-ce qu'on était plus avancé quand on le savait ? Inspirer avec espoir, souffler avec déception. Monter la colline puis, fatalement, la redescendre. Recevoir une chose puis devoir y renoncer. La vie, quoi. D'où la gorge nouée. On pouvait analyser avec précision, une mesure après l'autre, comment Bach s'y prenait. On avait certainement écrit à ce sujet des dizaines de traités de philosophie musicale. On ne pouvait pas parler de science, on ne cessait pas d'éprouver une émotion à l'écoute de cette variation parce qu'on découvrait, quelque part dans le monde, un air qui montait, descendait et vous laissait froid. Cette variation ne perdait en rien de sa force si on lui opposait un contre-exemple.

Arrête, se dit la femme. Arrête d'analyser et de penser. Mais que faire alors ? Elle était bien obligée de réfléchir, ne serait-ce qu'à l'intervalle singulier entre la voix montante et la réponse descendante : une septième ! Cela aurait dû donner un ensemble criard, contrariant, insupportable, mais les voix se combinaient avec fluidité et se laissaient chacune de l'espace au lieu de s'entraver. Il fallait arrêter de réfléchir. Cela n'expliquait rien.

Ses mains étaient posées sur ses cuisses. Elle voulait se laisser envahir par le son, qui balayait tous les mots. Il ne s'agirait plus alors que de ce que la mélodie faisait naître en elle. Elle n'avait pas besoin d'expliquer le phénomène, il suffisait qu'elle le laisse se produire. Pour l'angoisse et la panique, les mots manquaient tout autant que pour cette autre chose, pour ce qu'exprimait cette mélodie. Il fallait se contenter de jouer à présent et de la laisser vivre. Elle attendit. Allez, pensa-t-elle, vas-y. Elle avança les mains vers le clavier. Au bout de deux mesures, la tentative s'interrompit. Sa vue devint trouble et floue, au point qu'elle ne distinguait plus les notes. Elle ferma la partition et éteignit la lampe.

*

La mère marche dans la ville, le long des canaux, elle traverse des ponts, des lunettes de soleil sur le nez et le sac en carton d'une boutique de mode à la main. Elle est sur le territoire de la fille. Là-bas, sur l'autre quai, il y a l'institut où elle fait ses études. Dans la ruelle à côté, il y a le café où la mère s'est assise d'innombrables fois avec elle pour manger de gigantesques parts de tarte et écouter des récits enthousiastes sur d'autres étudiants et les professeurs. Peut-être qu'elle vient de marcher ici, se dit la mère, peut-être que son vélo est posé contre ce pont. Elle observe les selles et les antivols, puis regarde par terre quand elle se rend compte de ce qu'elle fait.

De la distance, se dit-elle. Une enfant de vingt-six ans est adulte, elle a sa propre vie, ne doit pas partager chaque coup dur et chaque choix avec sa mère. Mais elle a besoin de moi, pense la mère, elle paraissait mal, hier, au téléphone, indécise et triste. Elle ne voulait pas d'un rendez-vous aujourd'hui. "Non, maman, je vais m'en sortir. Je n'ai d'ailleurs pas le temps, demain." Conversation terminée. Doute semé. Inquiétude suscitée.

J'ai l'impression d'avoir les jambes si lourdes, se dit la mère, je me traîne, c'est absurde. C'est moi qui ai besoin d'elle. Je fais comme si le problème était le choix de son métier, sa difficulté à trouver sa voie, bientôt, une fois qu'elle aura terminé ses études, mais j'ai autant de mal à me détacher d'elle qu'elle de moi. Elle veut monter sur mes genoux et je veux qu'elle monte sur mes genoux. Voilà tout.

Dans les vitrines des boutiques de vêtements est exposée la collection d'été. Cette robe, se dit la mère, c'est exactement sa couleur, exactement le bon modèle rétro qu'elle portera avec verve. La main se glisse déjà dans le sac pour prendre le téléphone. Saute sur ton vélo et viens me rejoindre, a envie de dire la mère, comme cela tu pourras l'essayer. Puis nous irons prendre un café ensemble. Elle se retient, elle s'appuie contre le pont et met les mains dans ses poches.

Là-bas, dans le café, ce n'est pas elle qui est assise ? Le profil de la fille, la queue de cheval, les mains gesticulant, le sourire qui découvre les dents : c'est bien elle !

La mère a envie de s'élancer et cependant se retient. Elle en perd presque l'équilibre. Trop foncés, les cheveux, et les épaules, trop larges. Lentement, elle traverse le pont, s'éloigne du café, s'éloigne de la boutique pleine de robes d'été, s'éloigne de l'image trompeuse de la fille. Les pavés sont gris acier. Ils ont porté les pieds de la fille. La mère suit les empreintes invisibles à pas lents, la tête courbée.

VARIATION 22,
ALLA BREVE

Le père gare la voiture rouge sur l'asphalte en bas de la digue. Les enfants l'escaladent tandis que les parents sortent les valises et les sacs à dos du coffre. Le garçon et la fille, serrés l'un contre l'autre au milieu des moutons, portent leurs regards au loin au-dessus de la mer et regardent l'île. Il a un manteau rouge, elle un bleu. Un vent violent leur soulève les cheveux, la force de la tempête les fait rire ; ils se montrent les vagues écumantes et poussent des cris d'excitation au moment où le ferry accoste.

Sacs à dos sur le dos. Le père porte la valise. Main dans la main, ils se dirigent vers l'appontement, où un vrai capitaine en pull marin contrôle les billets. La traversée de la passerelle, l'enjambée des hauts seuils métalliques, étourdis par les odeurs : de vieux café, de fuel, de sel.

"On va entendre la sirène ?" demande le garçon avec un soupçon d'inquiétude dans la voix. Le père le soulève et le tient solidement jusqu'à ce que le signal du départ ait retenti. La fillette tend la main vers le haut pour caresser le mollet doux et potelé de son frère.

"Il est tellement mignon, tu ne trouves pas ? dit-elle à la mère. Il aime la sirène et il a peur de la sirène." Elle prend le garçon par la main dès que le père l'a posé sur le pont. Ils courent vers le

150

bastingage et regardent attentivement la trace d'écume que le bateau dessine dans l'eau.

Le lendemain, ils traversent tous les quatre la forêt de conifères pour rejoindre les dunes. Un vent froid et un soleil vif ; les enfants ont rabattu le capuchon de leur manteau sur leur tête et l'ont noué solidement. Une fois passé la lisière de la forêt s'ouvre un paysage aux couleurs jaune et gris. Les oiseaux se posent dans une mare, bordée d'épis de roseaux séchés d'au moins un mètre cinquante de haut. Le père en coupe quelques-uns à l'aide de son canif. Puis les enfants défilent l'un derrière l'autre en montant une dune. Ils brandissent les épis, serrant les épaisses tiges des deux mains. La fillette atteint le sommet la première, se retourne vers son frère et se hisse sur la pointe des pieds. La mère regarde le pâle ovale de son petit visage entouré du capuchon.

Les enfants soulèvent les roseaux aussi haut qu'ils le peuvent, ils dansent sur le sommet de la dune et font flotter au vent les épis comme des drapeaux. La fillette crie : "On voit tout ! On est tout en haut du monde !"

*

Alla breve, une mesure à quatre temps qui devait se ressentir et s'exécuter par deux ; cela produisait une impression dynamique, non pas agitée mais plutôt ciblée, rythmée, presque enjouée. Une impression de "rien de grave".

Calmement, la femme observait les quatre voix qui s'imitaient chacune de leur côté, en procédant par sauts de quintes descendantes et notes échangées après le premier temps. Toutes les *Variations Goldberg* à quatre voix lui faisaient penser aux vacances, à de petites excursions harmonieuses dans l'intimité sécurisante du quatuor. Ici, dans cette variation, la partie de soprane avait un côté invincible, l'envie simple de découverte qu'éprouve un enfant qui se tourne presque avec euphorie vers le monde. Sans que ses jambes soient lourdes comme du plomb, ses lunettes noires de fumée. L'autre enfant la suivait, par sixtes, par tierces, entamant même avec elle son ascension vertigineuse. Il la laissa s'échapper au moment du trille audacieux de la onzième mesure, pour ensuite la rattraper joyeusement.

Dans les profondeurs, les voix graves des parents les accompagnaient en grognant de satisfaction. La basse imperturbable. Le ténor, se taisant pendant plusieurs mesures puis réintervenant.

Pour une exécution convenable, mieux valait ne pas tenir compte de ce qui pouvait renvoyer à une signification, se dit la femme. Les associations et les souvenirs ne faisaient que provoquer la confusion et détourner de ce qui devait devenir un pur jeu de lignes. Elle savait qu'elle en était capable. Si elle se concentrait sur les voix avec toute la force dont elle disposait, les visions et les mots flottant dans son esprit passeraient à l'arrière-plan et il resterait une construction pure qui ne renvoyait à rien, qui serait simplement là.

Ce trille était désespérant. Exécuté avec le troisième et le quatrième doigt de la main droite, en maintenant le pouce appuyé sur la tierce au-dessous ; indépendant rythmiquement des basses ; arrivant sur la bonne note pile au début de la mesure suivante. Une lutte.

Elle aurait voulu ouvrir grandes ses oreilles comme on pouvait le faire avec les yeux et les narines. Elle aurait voulu être tout ouïe, et avec ces oreilles toutes-puissantes aspirer l'ensemble des sons à l'intérieur, dans le perfide cerveau. Là, le tissu des voix finirait par tout écarter : un manteau bleu d'enfant, une voix perçante de fillette, des nuages blancs éblouissants avec en toile de fond un ciel d'un bleu lumineux, la sirène assourdissante d'un bateau. Dans la boîte crânienne dominerait l'harmonie, rien que l'harmonie.

Vers son dixième anniversaire, l'enfant est prête, terminée, parfaite. Le regard est axé sur le monde et les merveilles qu'il contient, l'existence est solidement ancrée dans la maison parentale. La motricité est stable et fiable : faire du vélo, écrire, patiner, jouer de la musique – pas de problème. L'enfant établit une distinction entre les connaissances, les amis et l'amie de cœur. Il existe un monde du jeu et de l'imagination parallèle à la réalité. Les abstractions sont encore enracinées dans le concret, l'impuissance n'est pas encore paralysante, la mort est comprise mais pas encore sondée.

L'enfant de dix ans est une joie dans la maison. Elle connaît les rituels et s'en réjouit d'avance. Elle supporte le report et sait se donner la peine d'atteindre un objectif éloigné. Elle est satisfaite d'elle-même, de sa place dans la classe, dans la famille, à table.

On est en décembre, dehors souffle un vent glacial et à l'intérieur le chauffage mugit. Elle se noue un petit tablier autour de la taille et traîne une chaise jusqu'à la cuisine afin d'attraper en haut du placard un saladier pour faire de la pâte. La fête de la Saint-Nicolas est passée, nouveaux jouets, nouveaux vêtements ; les vacances de Noël à la ferme se profilent à l'horizon, mais avant, comme il sied à un environnement mi-suédois, il y a d'abord la Sainte-Lucie, la fête de la lumière durant la période la plus sombre. Il faudrait à vrai dire qu'elle porte une couronne de bougies et une robe blanche. Mais il y a des limites. "Je ne vais sûrement pas faire ça, sinon je vais avoir de la cire dans les cheveux."

Ils s'en tiennent aux petits pains de la Sainte-Lucie qu'ils vont faire cuire maintenant, dans la soirée, et manger demain matin, avant les premières lueurs.

"Toi, tu vas chercher le livre de cuisine", dit-elle, et la mère sort le livre taché du placard. Il en tombe des coupures de journaux et un bleuet séché. La page des petits pains de la Sainte-Lucie est maculée de la pâte de l'année précédente. Ravie, la fillette regarde les exemples compliqués de pâte luisante, entrelacée et tressée.

"Il faudrait des raisins secs, dit-elle. Tu veux bien faire ce truc jaune, moi je vais faire la pâte." Elle coupe le haut d'un sachet contenant le mélange pour les petits pains et mesure soigneusement une quantité d'eau dans un doseur. La mère émiette des filaments de safran dans un saladier.

"Des crocus. Ce sont les stigmates des crocus. Cela ne pèse rien, cela n'a l'air de rien, mais cela colore tout en jaune." La fillette acquiesce. Elle mélange l'eau et la farine et commence à pétrir, pouffant de rire quand des morceaux de pâte collent à ses doigts.

"Et s'il fallait que j'éternue maintenant, maman, ça serait un vrai problème !"

La mère jette un morceau de beurre dans le saladier. La fillette laisse le gras s'insinuer entre ses doigts. Puis le safran pilé vient s'ajouter au mélange et la mère et la fille regardent la pâte se colorer. Des mouchetures orange, cerclées de jaune. Les petites mains de la fillette ne ménagent pas leur peine et ne cessent de plier les bourrelets de pâte pour en faire une nouvelle boule, qui devient de plus en plus jaune.

"Voilà. Maintenant il faut la laisser reposer. Et la couvrir." Elle met sur la pâte un torchon et pose avec précaution le saladier sur la grille du radiateur. Elle avance ses mains sous le nez de la mère. "Ça sent bon, tu ne trouves pas ?"

Quand le moment est venu de pétrir à nouveau, elle appelle son frère. La mère saupoudre un voile de farine sur la table de la cuisine, va chercher le rouleau à pâtisserie, sort la boule de pâte orange du saladier chaud.

Le garçon examine les exemples dans le livre de cuisine, tapant pendant ce temps un rythme énergique sur ses cuisses. Bientôt, ils vont diviser la pâte en petits morceaux et modeler attentivement les petits pains, d'abord en s'inspirant des schémas prescrits aux noms étranges (porte du paradis, perruque de prêtre), puis en inventant leurs propres formes : des voitures, des avions, une tortue et une tête d'élan aux bois fragiles. Ensuite, ils s'assiéront devant le four, avec de la farine sur les joues, pour voir gonfler et brunir lentement leurs œuvres sculptées.

Mais d'abord la dernière séance de pétrissage, la définitive. Le morceau de pâte paraît lourd et peu maniable. Même les doigts musclés de la mère n'ont pas de prise.

"Allez donne, maman", dit le garçon. La mère le voit se lever, les genoux un peu pliés, les bras levés, comme un goal entre les poteaux du but. Elle lance, il attrape, s'inclinant sous le poids du ballon. La fillette bondit, crie et tend ses mains vers le morceau de pâte chaud, orangé, jaune doré, ils hurlent, rient et courent partout. Ils tiennent la boule de pâte dorée comme un soleil dans le ciel, elle ne s'aplatit pas contre la bibliothèque, elle ne s'écrase pas contre la lampe, elle ne tombe pas par terre mais vole, d'une paire de mains à l'autre, comme un ballon de football nourrissant, étincelant, lancé avec confiance, attrapé avec soin. Fête de la lumière.

*

Elle attaque la variation 23 avec des doigts souples. Autrefois, elle commençait toujours ses séances de travail par une bonne demi-heure de technique : des gammes, chaque jour sur un autre ton ; des accords, l'enchaînement patient du cycle des quintes ; des exercices d'assouplissement du poignet ; des sauts d'octave pour la précision, des gammes de tierces et de sixtes ; quelques exercices ardus des *Übungen für Klavier* de Brahms. Cette époque était révolue, elle n'avait plus envie de ces épreuves techniques. Cela avait été un combat, chaque jour de nouveau, une lutte avec le piano, qu'elle préférait considérer désormais comme un allié. Que lui avait apporté cette gymnastique quotidienne obligée ? Un sentiment de maîtrise. Elle maîtrisait ces petits morceaux de bois noirs et blancs. Fière de la discipline qu'elle s'imposait. Satisfaite. Un certain avantage technique car, quand elle rencontrait des schémas de gammes dans une sonate, ses doigts se positionnaient tout naturellement, comme d'ailleurs dans des passages virtuoses pleins d'accords brisés. Sauf que tout, dans la réalité des morceaux composés, était légèrement différent de ce que l'on rencontrait dans les exercices techniques. Immanquablement, un accord supprimé ou bien une petite note ajoutée dans les roulades faisait que l'enchaînement ne fonctionnait plus. Mais tout de même.

On ne pouvait pas se lancer comme ça dans les *Variations Goldberg*. Il fallait s'exercer, s'échauffer. Elle prit une sonate de Haydn. Jouer tout simplement, lentement, en lisant la partition. Faire le moins d'erreurs possible, choisir un rythme permettant tout juste de jouer. Anticiper. Sentir ses doigts. Ecouter.

Quand elle entama la variation 23, elle avait fini de s'exercer. Elle conserva le plaisir du mouvement qu'avait fait naître le morceau de Haydn. Sans s'énerver, elle prit des décisions sur les positions des mains : la mélodie, faite de sauts, au-dessus, avec une main lourde ; la succession de fioritures au-dessous, avec des doigts légers. Des gammes plaisantes en mouvement contraire, ultrarapides. A la moitié de la deuxième partie, le cri de désespoir troublant de la modulation en *sol* mineur, triste îlot dans une mer de gaieté.

Ensuite venaient les tierces et les sixtes heurtées. En l'occurrence, idéalement, les doigts auraient dû trouver d'eux-mêmes la bonne position, entraînés grâce au manuel de K. A. Textor *(Tableaux de positionnement des doigts pour les gammes d'accords de double corde)*, qui ne contenait pas de notes mais que des chiffres. Or ce n'était pas le cas. Les mesures où alternaient les tierces ne posaient pratiquement pas de problèmes, la femme reprenait partout le même positionnement des doigts, elle avait des visions d'enfants bondissant avec souplesse, qui évoluaient l'un autour de l'autre et tenaient compte l'un de l'autre, qui jouaient. La violence des deux dernières mesures la garda prisonnière pendant des heures devant son piano à queue. De la légèreté, de l'innocence initiale émergeait soudain une cascade de sons de mauvais augure : un égrènement de tierces virtuose s'envolait vers le haut, tandis qu'au-dessous s'amorçait une sombre succession de sixtes descendantes. Dans la dernière mesure, les deux voix se rapprochaient, à toute allure, pour soudain s'interrompre en un accord final bref et fébrile.

Comme le thème de ce canon était terne, pensa la femme. Il lambinait, une voix après l'autre, sur une mesure ternaire bancale, comme un couple de vieillards se suivant au rythme d'un déambulateur. On était certain que strictement rien n'allait se passer. Une petite promenade autour de l'étang puis retour à l'établissement de soins. Mais c'était Bach, dont l'aura était sacrée, le cynisme n'était donc pas de mise. Elle aurait dû penser à la fonction de passerelle de ce morceau, à la variation virtuose qu'elle venait de jouer et à la cantilène apaisée qui allait suivre. Elle aurait dû étudier ce canon idiot avec autant d'intensité et de concentration que les autres parties. L'important, ici, ce n'étaient pas les notes elles-mêmes, mais l'engagement dont on les investissait. Parce que Bach était fou des canons, il avait certainement beaucoup aimé celui-ci, ce canon ennuyeux, qui devenait beau par l'attention qu'il lui avait portée.

La femme s'était un jour rendue dans un magasin de jouets pour acheter une poupée pour la fille, qui allait avoir six ans. Elle en avait choisi une faite d'une matière molle, du caoutchouc ou du plastique, avec des cheveux blonds comme du crin et une expression pas désagréable sur son visage neutre ; enfin, une poupée, quoi. Quand la fillette l'avait reçue (guirlandes, tarte aux fraises), elle avait fait de cette poupée une fille, avec une coupe de cheveux caractéristique qui lui était propre, un nom et une présence réelle. Les membres de la famille s'étaient mis à considérer la poupée comme une personne du foyer, car l'amour de la fille lui avait insufflé la vie, comme Bach l'avait fait à ses canons.

Elle décida du positionnement des doigts. L'ami pianiste lui avait demandé dernièrement s'il lui arrivait parfois de jouer autre chose que du Bach, et comment cela se passait. Il était lui aussi grand amateur de Bach, et ils avaient échangé leurs idées dans le détail sur les conséquences de leur passion. On aurait pu penser que le subtil fignolage au centre du clavier n'allait pas être très utile si, par la suite, on se lançait dans le grand répertoire romantique, mais le résultat était plutôt encourageant. Elle lui avait parlé d'une sonate de Brahms qu'elle devait jouer avec un violoncelliste, et de la rapidité avec laquelle ses doigts avaient maîtrisé ce nouveau morceau, ce qui était incompréhensible à vrai dire. En étudiant sérieusement Bach, on prenait plus conscience de ses doigts et on acquérait une précision que l'on n'avait pas auparavant. Les oreilles en profitaient aussi, on entendait soudain dans Chopin ou Brahms les voix intermédiaires qu'on avait toujours négligées. Ils s'étaient souri, satisfaits. Que pensait-il du canon à l'octave ? Dans les écrits sur Bach, on le dépeignait comme pastoral, idyllique, une berceuse, disait-il. La femme trouvait que c'était absurde. Le pianiste secouait la tête. Non, le canon n'était pas gai ou apaisant. Plutôt un peu triste. La femme allait même plus loin et voyait dans les dernières mesures, avec les notes sonores, répétées, une menace. C'était d'ailleurs le but, Bach préparait les oreilles et l'âme à subir la variation qui allait suivre.

Bach était beaucoup plus habile qu'on ne pourrait jamais le concevoir, on pouvait déjà se réjouir de parvenir un tant soit peu à jouer les notes qu'il avait écrites. Plus tôt dans le morceau, il préparait son auditoire aux battements de cloche annonçant le malheur par de légères frappes au même rythme, à chaque temps de la mesure. Il fallait les jouer avec l'auriculaire, le reste de la main étant occupé par les voix du canon. Bach s'était arrangé pour composer son canon de sorte que le bon phrasé soit produit naturellement : il fallait retirer l'auriculaire à temps, sinon on ne pouvait pas jouer la mélodie. Il y avait pensé, cela faisait trois siècles.

Ce n'était pas étonnant que l'image de vieillards avançant d'un pas traînant lui soit venue à l'esprit, car le tic-tac impitoyable d'une horloge présent dans le morceau, on ne pouvait manquer de l'entendre à la fin. La menace ne se réalisait pas, pas de tempête de grêle, pas d'hémorragie cérébrale – simplement du café dans la cantine de l'établissement de soins. Rien de grave, fausse alerte. Les vieillards goûtaient à la douceur d'une sécurité factice et laissaient leurs cœurs affolés s'apaiser devant la table de formica avec son bouquet de fleurs artificielles.

Elle sourit. Puis son visage prit un air sérieux et elle se mit à jouer attentivement le canon à l'octave.

*

Ces vacances de Noël sont une horreur, une erreur. Ils ont fait le voyage tout au Nord, vers une région déserte, montagneuse, où il gèle à moins vingt degrés et où il ne fait pas jour même en milieu de journée. Les enfants jouent dans la neige, ils glissent sur des luges et de petits skis du haut de faibles pentes qu'ils remontent ensuite en riant et en trébuchant. Les amis chez qui ils logent préparent de la potée d'élan dans la cuisine bien chauffée, le père emballe dans l'atelier une crosse de hockey sur glace pour le fils. La mère fume en grelottant une cigarette dans la véranda blanche. La fille escalade un amas de neige. Sa botte se coince entre les rochers sous-jacents. Elle tombe. Elle tombe.

Dans l'ambulance, la mère est assise juste à côté du brancard où repose la fille. La jambe est maintenue immobile dans un manchon rempli d'air. La mère tient fermement la petite main de la fillette. Dans sa tête se mêlent les images de l'heure passée : l'enfant criant par terre, la jambe singulièrement tournée, le visage grave du maître de maison, qui ouvre d'un coup de pied résolu le pan de la porte d'entrée qui reste toujours fermé. La largeur inhabituelle de cette entrée, par où passent les ambulanciers en tapant des pieds et où ils repassent, plus tard, en portant avec précaution l'enfant vers l'ambulance qui attend. L'injection de morphine libératrice, l'odeur écœurante de viande cuite à l'étouffée.

A travers les fentes au-dessus de la bande opaque des vitres de l'ambulance, la mère regarde la nuit, les troncs noirs des sapins qui défilent à toute vitesse, le reflet du clair de lune sur la rivière gelée. Le trajet dure longtemps, l'hôpital est à plus d'une heure de route. La fille s'est assoupie.

Des hommes et des femmes en blanc, chaussés de sabots blancs, attendent aux urgences. Ils emmènent la fille, ils poussent l'enfant sur son brancard dans un couloir, traversent une porte, disparaissent. La mère court derrière eux, exige un tablier de plomb, reste auprès de l'enfant quand tout le monde se retire derrière une paroi protectrice. La mère ne rejoint les médecins que lorsque les radios sont prêtes. En silence, ils regardent l'écran lumineux où s'étale une composition en noir et gris-bleu, l'image d'une affreuse fracture du fémur en forme de spirale.

"Il faut immobiliser, dit le médecin. Faire une traction. Heureusement, le cartilage de conjugaison est intact. Si quelque chose tourne mal, elle le corrigera d'elle-même. Quel âge a-t-elle ? Neuf ans ? Bon. On va tout de suite opérer. A quelle heure a-t-elle mangé ?"

Ils sont regroupés autour du brancard dans le couloir où est allongée l'enfant assommée par la morphine. Le père, qui a suivi l'ambulance en voiture, se joint à eux. Les bouches des parents chuchotent chacune dans une oreille de la fillette : jambe cassée, le docteur va la réparer, tout va bien se passer. La mère discute avec une infirmière longiligne, on va ajouter un lit dans la salle des enfants pour qu'après l'opération, elle puisse s'allonger à côté de la fille et lui raconter ce qui s'est passé.

"Maman, je vais dormir ici ?

— Oui, il faut que tu restes ici un petit moment. On va m'installer un lit à côté de toi."

La fille acquiesce. Les infirmières en blanc s'apprêtent à partir avec le brancard. Le médecin s'est déjà rendu d'un bon pas au bloc opératoire.

"Le médecin va bientôt t'endormir. Quand tu te réveilleras, je serai à côté de toi."

La fillette paraît accablée, son regard va de la mère au père et inversement, on voit à son visage qu'elle veut poser toutes sortes de questions, mais elle se contente de soupirer.

Après l'opération, le père rentrera en voiture pour aller chercher de tout, une brosse à dents par exemple, le livre préféré, des petits pulls et des puzzles – "la poupée", disent ensemble la mère et la fille. Oui, cela aussi, surtout cela. Le lendemain matin, le père viendra apporter la poupée.

L'infirmière presse du coude un bouton dans le mur et les portes du bloc opératoire s'ouvrent.

"Vous devez vous dire au revoir ici", dit-elle. Comme pétrifiés, les parents s'immobilisent devant les portes coulissantes, regardant fixement le brancard qui avance lentement et disparaît derrière le verre dépoli.

L'obscurité n'est pas totale dans la salle des enfants. La porte est entrebâillée, ce qui laisse passer un rai de lumière éclairant le linoléum. Au-dessus du lit de la fille est allumée une veilleuse. Les fenêtres brillent comme de la glace foncée. De l'autre côté de la salle est couché un enfant inconnu qui gémit et parfois pleure de façon plaintive. Une mère est auprès de lui, une femme grassouillette qui s'est levée d'un bond, affolée, quand la fille a été amenée sur son brancard, et qui maintenant ronfle. De temps en temps, le faisceau de lumière s'élargit et une infirmière entre en braquant une lampe de poche sur la fillette. Elle contrôle la perfusion. Elle contourne les poids en plomb qui au pied du lit sont suspendus à l'appareil de traction. Elle jette un coup d'œil à la mère, qui fait semblant de dormir. Elle disparaît dans le couloir.

Il fait chaud. La mère, pourtant épuisée, ne parvient pas à dormir. Elle ne veut pas dormir. Bientôt, l'enfant va se réveiller et découvrir que le médecin a enfoncé une tige d'acier à travers son genou. Les extrémités de la tige sont fixées dans un appareil orthopédique. Des câbles vont de l'appareil vers une poulie, arrimée au-dessus du lit, très haut, à un support. Les poids tendent les câbles. La mère ne cesse de regarder l'échafaudage sous l'éclairage parcimonieux. La fille est allongée sur le dos, elle ne peut faire autrement. Sa bouche est entrouverte, elle respire doucement et régulièrement. Elle va avoir peur, crier, s'évanouir de panique, vomir d'angoisse, étouffer de rage. La mère va devoir faire preuve de courage, transformer ce cauchemar en une histoire avec un début et une fin, montrer une vue d'ensemble et afficher sa confiance, vaincre ses propres inquiétudes et ne pas se contenter de les écarter.

Assise toute droite sur cet absurde lit d'hôpital, elle s'oblige à respirer profondément et calmement avec l'échafaudage dans son champ de vision. Elle enregistre ses pensées : l'enfant est abîmée ; quelqu'un lui a enfoncé exprès une tige d'acier dans son genou sain, si bien que l'articulation dans sa complexité, avec ses muscles, ses tendons, ses vaisseaux sanguins et ses os, est soudain présente de façon inquiétante et inopportune ; la fillette est marquée, elle le restera pendant des mois, entourée de personnes bien intentionnées qui ne comprennent pas sa langue.

L'enfant est abîmée. La mère respire bruyamment. La mère mobilise son bon sens. Exercer une traction sur des morceaux d'os pour les écarter, fixer la jambe à la bonne longueur, attendre que les plans de fracture se rejoignent dans un nuage de tissu calleux – la seule solution, rien d'extraordinaire, cela arrive partout, tous les jours. La tige à travers le genou.

Elle s'inquiète pour rien, la fillette va se réveiller et accepter sans difficulté les explications. Elle va bivouaquer pendant trois mois dans la salle, avec sa poupée, et laisser sa jambe guérir lentement. Le père restera auprès d'elle quand la mère et le frère devront retourner à la maison pour travailler et aller à l'école. La fille recevra de leur part des colis et des lettres. Elle sera parfois furieuse, elle fera pipi au lit, elle refusera de manger, puis elle recommencera à jouer joyeusement avec l'enfant de l'autre côté, elle écrira une lettre à sa classe, plaisantera avec ses visiteurs. Dans le service de thérapie occupationnelle, où on l'emmène sur son lit avec son appareil de traction, elle tisse dans la bonne humeur des maniques que la mère a encore dans la cuisine.

La mère attend, mais à ce degré de latitude l'aube ne vient jamais. Bientôt elle devra parler.

VARIATION 25,
ADAGIO

La femme se plongea dans la mort tragique de
Bach. A la lumière des connaissances médicales
d'aujourd'hui, la fin du compositeur était une succession de diagnostics erronés, de thérapies à la
limite du charlatanisme et d'interventions que l'on
aurait pu qualifier franchement de maltraitance. Il
ne se plaignait pas – peut-être parce qu'il n'en
éprouvait pas de désagrément, peut-être parce que
chaque désagrément était effacé par son ardeur
au travail et une satisfaction musicale. Bach ne
commença à s'inquiéter que lorsque sa vue fut
touchée et qu'il vit d'abord trouble puis pratiquement plus rien. Un surcroît de lumière, un surcroît
de bougies sur le bureau, forêt de tiges cireuses
sous les flammes oscillant dans le courant d'air.
De la cire sur la partition, des taches de brûlé sur
les manchettes de son habit. Sa femme, désespérée
par les exclamations de rage de son mari, fouillait
dans les coffres et les armoires à la recherche d'autres
bougeoirs. Tu as usé tes yeux à force de regarder,
lui aura-t-elle dit, tu dois les laisser se reposer parce
qu'ils sont fatigués.

Il avait environ soixante-cinq ans, un homme
énergique, robuste, qui toute la journée donnait
des cours, jouait de l'orgue et dirigeait des répétitions d'orchestre. Le soir, il voulait noter les idées
qu'il avait dû retenir pendant la journée, faute de

temps, et travailler à ses compositions. Agacé, il appelait ses fils à l'aide, un rare élève fiable, peut-être même sa femme. Quand ils ne parvenaient plus à suivre le rythme de sa dictée ou ne comprenaient pas où situer précisément les notes qu'il leur chantait, il agrippait le papier et griffonnait lui-même les thèmes entre les lignes. Pêle-mêle, de travers, sans régularité et en se trompant. Peut-être s'était-elle plainte dans le couloir ou dans la cuisine auprès de ses beaux-fils adultes : Aide ton père, c'est au-delà de mes forces, c'est trop pour moi. Entre, prends le relais de ce qu'il fait, il est malade.

Le premier réflexe d'un médecin d'aujourd'hui serait de contrôler son taux de glycémie et de poser des questions ciblées sur d'autres symptômes : perte de poids ? Besoin d'uriner souvent ? Toujours soif ? Anna Magdalena ne faisait pas le lien entre le très lourd pot de chambre qu'elle descendait tous les matins pour le vider dans la cour et les problèmes de vue dont se plaignait son mari. Quand elle le voyait maigrir, cela l'incitait à augmenter les quantités de viandes rôties et de pâtisseries qu'elle lui servait. Les blessures aux pieds de son mari, qui cicatrisaient mal, qui l'empêchaient de porter régulièrement ses nouvelles chaussures, guériraient certainement plus vite, elles aussi. Quand il se plaignait d'avoir soif, elle commandait plus de bière. Elle s'occupait bien de son mari et l'entraînait inconsciemment au fond du gouffre.

Il souffrait d'un diabète de la maturité, qui s'accompagnait d'un manque d'exercice physique, ou bien en résultait – de chez lui à son lieu de travail, il n'avait pas plus d'une quarantaine de pas à faire, et le seul effort physique qu'il fournissait consistait à monter l'escalier de l'orgue –, et de la consommation de mets copieux et gras, d'alcool, de l'alcool en grandes quantités et de tabac pour sa pipe. Les reins flanchaient, les vaisseaux sanguins n'étaient plus en mesure de remplir leur fonction, et les nerfs, en particulier le précieux nerf optique, étaient touchés. Son sang était sucré, sirupeux comme du miel. Bach et sa femme n'avaient aucune idée de l'état de délabrement de l'organisme qui animait la famille, la ville de Leipzig et la vie musicale en Europe. Il voyait mal, il fallait allumer d'autres bougies.

Un ophtalmologiste anglais se présenta, un guérisseur itinérant avec une valise remplie d'instruments étincelants, qui fit un exposé sur ses prouesses opératoires et offrit ainsi à Bach, désespéré, une issue. L'opération coûtait une fortune, son succès semblait assuré. Le médecin arriva dans une voiture décorée sur toute sa surface d'yeux grands ouverts. Anna Magdalena lui souhaita la bienvenue et conduisit l'homme, suivi de deux assistants, à la bibliothèque à l'étage.

La femme frissonna, sans pouvoir interrompre ses lugubres pensées, tant elle était fascinée par le contraste entre la variation 25, abstraite, sublimée, et la douleur et l'horreur concrètes de l'opération. Elle imaginait les assistants approchant le large fauteuil à accoudoirs de la fenêtre et glissant un coussin sur le haut du dossier pour que Bach y pose sa tête. Avaient-ils attaché ses bras aux accoudoirs avec des lanières en cuir ? Quoi qu'il en soit, le médecin pratiqua plusieurs incisions à l'aide d'une petite lame, d'abord dans un œil, puis dans l'autre. Sous la cornée, il passa une petite brosse et, pour couronner le tout, il tint à effectuer une abondante saignée. Il laissa un patient ébranlé et affaibli. Anna Magdalena, bouleversée par ce triste spectacle, était partie vomir dans l'arrière-cuisine et ne fut pas en état de prendre congé du guérisseur.

Au bout d'une journée, le bandage put être retiré et le compositeur crut un instant avoir recouvré la vue. Il chancela en essayant de se lever, son teint était gris et il n'avait aucune envie de manger – mais il voyait. La guérison s'avéra temporaire, l'ophtalmologiste, à nouveau convoqué, fit de nouveaux dégâts avec ses scalpels, ses crochets et ses racloirs. Le soir même, il disparut en voiture par une porte de la ville. C'était le 8 avril 1750.

Bach ne quitta plus son lit. Fiévreux, il vivait dans une obscurité totale. Juste avant sa mort, il demanda à un élève de chanter devant lui un choral. Le texte laissait présager le futur face à face avec son créateur. Peut-être les personnes présentes avaient-elles chanté le choral, à quatre voix, autour du lit de mort, peut-être qu'Anna Magdalena avait laissé sa voix calme et assurée de soprano monter en s'appuyant sur les voix d'hommes.

Bach y croyait-il ? Il est mort "en paix", d'après la tradition, à huit heures et quart le soir. Il faisait encore jour dehors, mais le soleil allait bientôt se coucher. Bach, qui vivait en plein XVIIIe siècle, avait pourtant les pieds ancrés dans le Moyen Age, pensa la femme. La raison et l'expérience n'étaient pas des aspects inaliénables de sa pensée, sauf quand il s'agissait de concevoir des fugues. Il croyait, il était convaincu, qu'il avait un protecteur qui se préoccupait de son sort. La deuxième moitié de ce même siècle était plus simple, pensa la femme : après l'apparition des Lumières, on imaginait mieux ce que pensaient les gens. Au fond, cette fin de Bach était inconcevable, sauf en le considérant comme un enfant qui, pour survivre, s'en remet entièrement à ses parents et qui estime que ses parents sont des gardiens tout-puissants qui vont le sauver, qui vont toujours s'occuper de lui. Comment le compositeur le plus intelligent de tous les temps avait-il pu conserver cette confiance enfantine et la transposer en convictions religieuses à l'âge adulte ? Parce que cela n'avait rien à voir avec l'intelligence, bien entendu. Partout dans le monde, à toutes les époques, quel que soit le peuple, les gens ont inventé des religions parce que la notion d'être seul confronté à la réalité est trop douloureuse, l'idée qu'un être humain va disparaître sans laisser de traces trop insupportable, l'insignifiance de l'existence humaine trop vexante. En un sens, on s'en remettait facilement à la religion car une confiance insondable était programmée d'avance dans le cerveau, dans le développement des structures mentales, c'était une stratégie de survie, tout comme la capacité d'apprendre une langue ou d'écouter de la musique. C'était tentant, d'ailleurs. Qui n'a pas envie d'avoir un protecteur, qui n'a pas envie d'être VU ?

La femme joua la variation tragique et se laissa pénétrer des différentes voix. La voix intermédiaire, avec ses intervalles de secondes plaintives. La basse qui y participait. La mélodie morcelée, étirée à l'extrême, qui à la fin se jetait en pleine conscience dans le vide. L'horrible dissonance dans la dernière mesure pour la répétition de la deuxième partie : un *fa* dièse et un *sol*, joués très fort, en même temps, si proches l'un de l'autre, luttant pour trouver une solution.

Il avait dû le savoir. Que ce n'était pas vrai, une illusion. Quand on était capable d'interpréter ainsi son désespoir et sa solitude, on savait qu'il n'existait pas de salut et qu'en définitive on était seul.

*

Tout est différent dans la nouvelle maison. Elle est
si grande, il y a deux escaliers et trois toilettes et
une quantité de pièces. Les meubles familiers paraissent plus petits que dans l'ancienne maison.
Ils ont l'air isolés dans le vide. Le chemin de l'école
est plus long, il longe des prés inconnus, traverse
de nouveaux bois. La mère les accompagne à vélo
ou à pied tous les matins et donne des noms aux
sentiers : celui où nous avons vu le lièvre mort, où
poussent les champignons parasols, où l'eau de
pluie ne s'écoule jamais. Quand l'école est finie,
elle attend sur l'esplanade.

Le père part pour deux mois, en tournée. Quand
rentre-t-il ? A la Saint-Nicolas. Il fera presque nuit
quand vous sortirez de l'école. Il y a tant de nuits
avant son retour qu'on ne peut pas les compter. La
famille se rétrécit autour de la table. La baby-sitter
vient plus souvent que d'habitude, la mère adapte
ses horaires de travail mais, la plupart du temps,
elle ne peut pas accompagner ou aller chercher elle-
même les enfants. L'automne est rude. La mère est
trop maigre. Elle insiste pour que les enfants mettent leurs manteaux d'hiver, mais porte quant à
elle une veste de coton. Elle tousse. Elle a mal à la
gorge. Elle n'y prête pas attention. Elle a un accès
de fièvre. Elle parvient tout juste à prévenir la voisine, faire appeler à son travail pour dire qu'elle
ne viendra pas, avant de perdre connaissance. Le
médecin vient, il voit les visages inquiets des enfants et dit : "Votre mère est très malade. Nous allons la guérir à l'hôpital." La fille acquiesce et prend
la main de son frère. Elle a sept ans déjà, elle sait
déjà lire, et lui n'est encore qu'en maternelle.

L'ambulance vient juste devant la porte, à une
place normalement interdite aux voitures. Une fois

la mère installée dans l'ambulance, celle-ci s'éloigne en tournant prudemment. Les enfants sont debout dans l'encadrement de la porte, la voisine désemparée derrière eux.

"Je vais te lire une histoire ce soir", dit la fillette. Le garçon se tait. Ses yeux sont écarquillés de frayeur.

Improvisation, aide des voisins, l'hégémonie de l'inattendu. Les enfants dorment tantôt ici, tantôt ailleurs. Le temps reste orageux. Le garçon refuse de mettre d'autres vêtements et se promènera pendant des semaines dans un survêtement taché et puant. A l'hôpital, les médecins ne trouvent pas raisonnable que les enfants approchent leur mère tant que la cause de la très forte fièvre n'est pas déterminée. Pourtant, ils lui rendent visite presque tous les soirs. Il faut qu'ils voient que la mère est bien là.

Le matin, la voisine les aide à enfiler leurs manteaux et à préparer leurs cartables. Elle fait un bout de chemin avec eux, jusqu'à ce que les enfants se joignent à une nuée d'écoliers qui vont tous du même côté. A l'école, ils se comportent comme si de rien n'était, même si, pendant les récréations, dans la cour de l'école, ils se surveillent plus attentivement que de coutume. Le garçon joue au football avec ses amis, la fillette dessine à la craie une marelle sur les pavés. En classe, on allume la lumière dès l'après-midi, le garçon fait un collage de bateau à vapeur dans sa classe de maternelle, la fillette fait ses exercices d'arithmétique les yeux plissés, en courbant péniblement la main gauche pour ne pas frotter sur les chiffres. A la fin de la journée d'école, tous les enfants sont assis dans le grand préau. Le directeur leur fait la lecture. C'est tellement passionnant que personne ne remarque la tempête dehors.

Dans le couloir, le garçon guette sa sœur. Elle a déjà enfilé son manteau et parle avec la voisine qui, depuis la nouvelle maison, n'est plus leur voisine. Papa parti, maman malade, je ne sais pas encore où nous allons dormir ce soir – le garçon n'arrive pas à entendre, mais sait ce qu'elle dit. Sur le seuil de la porte de l'école, ils s'immobilisent. Le vent bouscule les arbres et chasse les nuages noirs à toute allure au-dessus des tours d'immeubles. La fillette aide le garçon à boutonner son manteau et tire la cagoule sur sa tête. Ils mettent leur sac à dos et sortent.

*

La femme avait enfin réussi à trouver le bon rythme, un tout petit peu plus lent encore qu'elle ne le pensait, de sorte que le mouvement était presque en suspens et que chaque note pouvait être placée délibérément. Elle faisait précéder partout les grands sauts téméraires dans la mélodie par une lente appogiature, comme pour donner à l'air un petit coup de fouet, sauf lors de la reprise de la deuxième partie, vers la fin, pour la note la plus aiguë. Là, elle sautait sans préparation, avec un infime ralentissement agogique, au *ré* aigu dépouillé et, de là, en donnant de plus en plus d'amplitude sonore pour aboutir à un forte retentissant, fonçait jusqu'à la fin. S'il n'y a pas de protecteur, se dit-elle, si je dois me contenter de cet amant parcimonieux que l'on appelle Raison, autant me mettre à crier à pleine gorge, autant hurler contre le vent en expulsant mes poumons.

Ils se promènent sur le sentier où les flaques de pluie ne s'écoulent pas. Ils marchent penchés en avant contre le vent. Ils tapent leurs bottes en caoutchouc dans l'eau pour que les éclaboussures leur giclent jusqu'aux oreilles. Puis ils poursuivent leur chemin. La fillette prend le garçon par la main. Il tourne la tête vers elle.

"Nous, dit-il, nous." Elle acquiesce. Sous le ciel furieux, ils se dirigent vers la maison vide, main dans la main.

Quand ils ont quinze ou seize ans, ils ont envie de vacances seuls. Ils partent encore volontiers avec leurs parents, mais rêvent d'excursions avec leurs amis : vagabonder à travers l'Europe, camper sur une plage, descendre les torrents dans les Alpes. Heureusement, l'imagination dépasse les capacités d'organisation et, pendant des années, les projets ne donnent rien. La mère le sait, serre les lèvres et compte sur un report.

Pas sur une renonciation. Cela viendra. Cela commence par une semaine de camping en Belgique, à côté d'une station de la ligne de tramway qui longe la côte. Puis deux semaines dans la maison des parents d'un camarade de classe, bien trop loin de la route, avec bien trop d'enfants. La fille énumère les catastrophes (passeports volés, vomi sur la terrasse, disputes à propos de ceux qui doivent faire la cuisine), mais cela ne l'empêche pas de se lancer dans de nouvelles entreprises. Bien que ses notions géographiques soient rudimentaires, elle semble danser légèrement à la surface du globe en préparant ses voyages. Elle est aux anges quand elle apprend que des vacances aux sports d'hiver avec des amis de fac se déroulent dans un hameau où elle a déjà campé avec ses parents. "Nous pourrons aller manger dans cette pizzeria avec les petites nappes à carreaux. C'est sûr !"

Les craintes sous-jacentes se fraient un chemin à la surface sous la forme d'une certaine fébrilité avant le voyage et d'affreuses migraines. Plusieurs fois, en route pour la gare ou l'aéroport, la mère a tenu dans ses bras une fille pâle, un sac en plastique à portée de main. Pourtant, elle part, l'enfant, chaque fois elle recommence et parvient à surmonter les contretemps et les déceptions. A la maison, les parents guettent les coups de téléphone, ils envoient précipitamment de grosses sommes et comptent les jours.

Elle a vingt-deux ans. Elle a consacré beaucoup d'énergie à ses études et à son travail, elle mérite des vacances pour faire une pause. Son amie lui demande si elle a envie de venir avec elle dans un hôtel à la montagne, c'est le printemps, le propriétaire de l'hôtel est de la famille, elles doivent faire les lits le matin et servir des bières le soir, mais l'après-midi elles sont libres. "Nous allons prendre le car !" La mère tartine des sandwichs. Le père dépose la fille.

Les premières nouvelles téléphoniques inspirent confiance. Il fait beau, les sommets des montagnes sont enneigés et les clients de l'hôtel sont une source d'étonnement et de divertissement. "Ils sont si sévères avec leurs enfants, maman, tu n'imagines pas ! Et leur grand truc, c'est la soirée de bingo, et là ils hurlent, je te jure !" Elles donnent aux clients de l'hôtel des surnoms et se lancent dans un projet photographique, le but étant que chaque client se retrouve, à son insu, avec une des deux amies sur une photo.

"Et il y a des garçons sympathiques ? demande la mère.

— Bof, je ne sais pas encore. Là, on va partir se promener. Avec un guide. Au revoir, maman !"

Au bout d'une semaine, le ton change. Le travail est-il trop dur, se demande la mère, ne dort-elle pas assez, boit-elle trop d'alcool ? La représentation qu'elle se faisait par avance était-elle plus enthousiasmante que la réalité ? Elle ne parvient pas à le savoir. La fille a un ton déprimé et fuyant. "Je te raconterai quand je rentrerai."

Il y a donc quelque chose à raconter.

Elle a l'air pâle en rentrant à la maison. Après la première embrassade, toute l'histoire sort, avec des sanglots et des cris incontrôlés. Une dispute. Une dispute avec sa meilleure amie. A partir des phrases isolées et des soupirs se forme lentement chez la mère une vision. Manque de sommeil, travail au bar, la bière. Parmi tous les clients d'un certain âge avec de drôles de barbes et des chaussettes de mauvais goût, un seul garçon charmant, que la fille se retrouve à embrasser dans la cour à côté des cageots de bouteilles vides, contrecarrant les projets de l'amie.

Celle-ci est indignée et déçue : "J'ai discuté avec lui hier après-midi pendant une heure, je le trouvais bien ! Je te l'avais dit, pourtant !"

Honte et malaise chez la fille : "Je n'y ai plus pensé, j'ai bu un peu trop de vin, c'est arrivé, comme ça. Cela ne veut rien dire, je n'ai pas du tout envie d'être avec ce garçon !"

Elles n'ont pas réussi à s'expliquer, cette nuit-là. Fâchées et tristes, elles se sont endormies l'une à côté de l'autre. Pendant le travail, elles ne se sont pratiquement pas parlé. La fille avait un mal de tête tenace.

"Le plus curieux, c'est que nous faisions l'après-midi comme si de rien n'était. Nous allions nous promener longtemps. Faire du VTT sur une pente effrayante. Marcher sur un petit sentier au bord d'un ravin. Ensemble."

Plus tard, la mère a pu voir les photos : la fille, avec son vertige, qui s'oblige vaillamment à marcher sur le sentier de montagne, s'agrippant aux rochers. La fille en veste d'un rose joyeux sur un VTT, un sourire crispé aux lèvres. Elle se tient en équilibre avec un orteil posé à terre et serre si fort ses petites mains sur le guidon que l'on voit le blanc de ses articulations, même sur la photo. La fille et l'amie assises tout près l'une à côté de l'autre sur un banc, avec deux jolis visages rêveurs. Derrière elles se dressent majestueusement les montagnes.

"Il faut trouver une solution, dit la fille. L'amitié avant tout. Sans amie, la vie n'a pas de sens." Son menton tremble. "Elle ne veut pas me parler. Pas à ce sujet. Qu'est-ce que je dois faire ? Est-ce qu'il faut que j'aille m'asseoir sur le seuil de sa porte jusqu'à ce qu'elle veuille bien me voir ? Je l'ai vraiment laissée tomber, je me suis comportée comme une idiote. Elle se sent trahie. Elle ne me fait plus confiance. Maman, au secours !"

Aucune des deux filles ne prête plus la moindre attention au garçon. Il n'était que la pierre de touche du fondement de leur amitié. Il est superflu.

"Ecris une lettre, propose la mère. Tu pourras lui expliquer calmement ce que tu penses et ce que tu ressens. Tu pourras lui dire à quel point tu regrettes. Tu pourras lui raconter ce que représente pour toi ton amitié avec elle."

La fille jette ses remords dans la boîte aux lettres de son amie. La mère voit avec admiration l'enfant mettre sa honte de côté, oser changer et s'accrocher à sa nouvelle idée.

Au bout de quelques semaines, l'affaire est terminée. Quand la fille vient manger, elle regarde avec étonnement les photos de vacances. "Jamais je n'aurais osé faire une chose pareille, marcher comme ça au bord d'un ravin. J'en aurais fait pipi dans ma culotte tellement j'aurais eu peur. Je voulais être près d'elle, faire ce qu'elle avait prévu. Je ne remonterai jamais plus sur un VTT."

Elle hausse ses étroites épaules et frissonne.

*

La variation 26 était une sarabande camouflée, un air un peu brusque à trois temps, l'accent étant toujours sur le deuxième, comme il se doit pour une sarabande. La mélodie était jouée tantôt par la main droite, tantôt par la gauche, tandis que l'autre main produisait une tempête, un raz-de-marée de petites notes furieuses, s'enchaînant en festons et par bonds, tout du long de la danse. L'air se perdait presque dans cette éruption de sons. La femme devait en prendre soin, elle aurait dû être la gardienne, la protectrice de cet air, mais elle se laissait distraire par l'accompagnement tapageur. Les guirlandes de notes se suivaient si vite qu'elle n'avait pas le temps de jouer quoi que ce soit joliment, pas le temps d'être consciente de l'emplacement des doigts ou de la position des mains – il ne lui restait plus qu'à procéder par automatisme, à jouer en se soumettant à sa moelle épinière et non à son cortex, et, arrivée à ce stade, à plonger tête baissée dans la mer de notes.

Elle s'entraînait sur de petits passages qu'elle tricotait ensemble au fur et à mesure, pas trop lentement. Elle déterminait quelle main, et à quel moment, devait jouer au-dessus ou au-dessous de l'autre, à quel endroit le doigt devait appuyer sur la touche. Les décisions dépendaient du bon tempo, car à un rythme lent les muscles se chargeaient de tout, cela n'avait guère d'importance, elle avait suffisamment de temps pour retirer un doigt, soulever un poignet. Mais dans la réalité, le rythme étant rapide, il s'avérait souvent qu'il n'y avait qu'une seule solution. Elle la recherchait et elle s'y tenait, afin que chaque main s'entraîne sur la bonne, sur la seule voie et que les poignets glissent avec souplesse l'un au-dessus de l'autre, montant, descendant, donnant à l'autre main suffisamment de place pour ce qu'elle avait à raconter.

Les variations se composaient toutes de deux parties ; et les deux parties devaient être répétées. C'est ainsi que Bach les avait conçues et les avait écrites, telle était la convention à son époque. Les musicologues, de même que les exécutants, partaient du principe qu'il fallait toujours jouer la répétition différemment, car il était ennuyeux d'entendre deux fois de suite la même chose. Il était d'usage d'apporter à la répétition des ornements : des trilles, des gruppettos, des retenues. La femme n'aimait pas les ornements. Les ornements devaient être plaisants, il fallait y prendre plaisir. Ce n'était pas son cas. Au clavecin à deux claviers pour lequel Bach avait écrit cette œuvre, on pouvait aussi introduire des différences dynamiques en changeant de registre pour la répétition. Au piano, elle pouvait imiter ce procédé en jouant plus fort ou plus doucement. Une dynamique en terrasses ! Pendant plusieurs mesures la même intensité sonore, puis peu à peu aller *crescendo* ou *decrescendo*, toujours par phrases. C'est ce qu'on lui avait appris au conservatoire à l'époque, et elle se figurait un large escalier accédant à une imposante propriété. Pour un certain nombre de variations, c'est l'approche qu'elle adoptait. Jouer le début *forte* et la répétition *piano* ; continuer la deuxième partie *piano* puis conclure par la répétition *forte*. Ou inversement, ou deux par deux. Tout bien considéré, il y avait quatre possibilités. Au piano, il existait bien entendu encore plus de possibilités, car on pouvait

aussi effectuer des crescendos et des decrescen-
dos dans une même partie ; oui, Kirkpatrick était
contre, mais c'était possible et c'est ce qu'elle faisait.

Glenn Gould renonçait parfois aux répétitions,
et même très souvent à celle de la deuxième partie. Quand la conclusion était dramatique, il évitait
ainsi certainement le problème de devoir lui redon-
ner forme. Sviatoslav Richter trouvait cela condam-
nable. Il fallait jouer ce que le compositeur avait
écrit. Richter avait écouté les *Variations Goldberg*
de Gould à l'occasion d'un récital exceptionnel
donné par celui-ci à Moscou, et plus tard sur disque.
Il était extrêmement impressionné, trouvait le musicien génial, mais ne pouvait pas supporter que
Gould néglige à ce point les signes de reprise.

"Il ne joue pas les reprises ! avait-il dit dans un
documentaire télévisuel sur sa vie. Il faut jouer les
reprises. Cette musique est bien trop complexe
pour qu'on puisse la comprendre après l'avoir en-
tendue une seule fois !" Il secouait la tête, au désespoir. Tant d'affinité, tant de différence.

Dans le cas de cette variation, il n'était pas question de reprises joliment ornées. La musique était
si surprenante que la femme ne parvenait qu'à
laisser les sons ruisseler. Elle essayait tant bien que
mal de mettre l'accent sur les notes de la sarabande,
mais était parfois contrainte de laisser la mélodie
s'engloutir dans la cataracte de l'accompagnement.
A la fin de la deuxième partie, il y avait un passage à rendre fou. Les deux mains fourmillaient
l'une contre l'autre et la sarabande avait disparu,
avalée par les flots rapides de notes furieuses se
déversant dans une cascade qui s'écrasait violemment en contrebas. Pas moyen d'y échapper. La chute
libre.

C'est le dernier canon, se dit la femme. Elle se dirigea avec circonspection vers le piano à queue, comme si un mouvement imprévu risquait de lui briser le corps. Parvenant à peine à maintenir le dos droit, elle sentait la fatigue s'insinuer dans ses épaules. C'est l'alternance, pensa-t-elle, cela vient des mouvements capricieux de l'âme dans ce cycle interminable que je me suis imposé d'étudier. Trente-deux mesures de désespoir, trente-deux mesures de rage, trente-deux mesures de froides considérations. Ces changements abrupts ont de quoi rendre fou et, si on l'est déjà, on en ressort de toute façon totalement épuisé. Je dois arrêter de me lamenter, je dois ressentir, puis examiner, décortiquer, maîtriser. Pas soupirer comme cela. Réfléchir à la précédente variation et m'étonner de cette configuration de notes nouvelle, claire.

Jusqu'à présent, les deux voix concertantes du canon étaient toujours accompagnées par une basse qui soutenait, participait, se mêlait de tout. Pour la première fois, les deux voix étaient seules ici. L'alto commençait. La soprane l'imitait, dans le lointain, dans les hauteurs, à plus d'une octave de distance. Dans la deuxième partie, après la double barre, les rôles étaient intervertis. La soprane donnait le ton, dans l'inversion aussi : les passages ascendants devenaient descendants, tout produisait un effet différent, mais en même temps familier. L'alto suivait, imitait la soprane et se trouvait à la fin soudain contrainte au silence, au milieu d'une phrase, parce que la voix du dessus avait déjà terminé.

L'ensemble paraissait simple comme une invention à deux voix. Le danger guettait. La femme savait qu'il ne fallait pas jouer ce morceau "joliment", les sauts ne devaient surtout pas sembler sémillants, mais plutôt donner une légère impression d'indolence. Laisser le doigt se poser puis le retirer calmement, recommencer une sixte au-dessus et un peu moins fort. Le saut était là. Le morceau ne devait pas non plus paraître pédant, même s'il ne fallait pas adopter un rythme trop rapide. Elle allait devoir trouver un équilibre à la limite de l'insensibilité. Elle devrait constamment être consciente des deux variations qui flanquaient celle-ci, avec leurs meules de foin en feu, leurs sirènes d'ambulance assourdissantes, leurs coups de tonnerre. Entouré de toute cette violence, ce canon marquerait un temps d'arrêt sans rien. Elle décrirait la situation, simplement et sans emphase, presque naïvement.

Legato, lier joliment les notes les unes aux autres ? Non, un jeu *legato* sentait l'engagement, l'émotion. Le contraire était *staccato*, dans ce cas on dissociait les lignes et on faisait preuve d'une distance quasi ironique. Il fallait trouver une solution intermédiaire, des notes ni vraiment liées, ni vraiment détachées, mais incorporées dans le même assemblage.

Le dernier canon. La dernière chance.

La musique révélait de curieuses notions sur le temps, pensa la femme tandis que, les mains posées sur ses genoux, elle fixait ces notes dépouillées. La musique vous entraînait hors du temps, vous mettait dans un état d'où la notion de temps était encore absente. La musique vous emplissait au point que les pendules ne fonctionnaient plus. Pourtant, aucun autre moyen d'expression ne rendait aussi précisément l'écoulement du temps. La musique synchronisait les coups de rames des rameurs, faisait marcher sans difficulté des soldats au même pas, respirer au même moment deux mille personnes dans une salle. Et la musique la renvoyait à son propre silence, car dans chaque début une fin était annoncée. Malgré la tristesse de la conclusion signifiée, elle avait hâte que se déploie la mélodie, que les harmonies s'enchaînent, même vers cette maudite fin. Un mystère.

*

La mère a garé sa voiture dans un parc de stationnement et se dirige vers le cinéma. Le temps est calme, dans le ciel filent des nuages gris, qui parfois laissent passer un rayon de soleil. L'air est humide. Il est presque cinq heures.

Son cœur bondit en voyant la fille debout devant la porte à tambour. Encore trente mètres pour profiter de ce spectacle, pour regarder les jambes dans les bottes brun clair, pour sourire à la vue du curieux manteau long, marqué d'un goût très personnel, pour admirer les cheveux rassemblés sur le haut de la tête en une boucle, la ligne enfantine de la mâchoire, le cou, les cheveux dans le cou. Elle est là, pense la mère, elle est en avance, elle a hâte, c'est un miracle et c'est la chose la plus habituelle, la plus ordinaire du monde. Elle est contente de me voir. Que voit-elle ? Une femme au visage ridé. Une femme qui a l'air plus âgée, plus fatiguée et plus maigre qu'elle ne le pense elle-même. Une femme qui porte depuis des années déjà le même manteau, parce qu'il est si confortable.

Peut-être voit-elle seulement : maman ; peut-être voit-elle quelqu'un qui est heureux avec elle, avec la fille. Leurs regards se croisent.

En fin d'après-midi, on peut aller tranquillement au cinéma. La salle n'est pas même remplie au quart, pour l'instant. Elles vont s'asseoir à peu près au milieu, glissent leurs sacs sous leurs fauteuils et s'affalent. La mère sent le bras de la fille contre le sien. Sur l'écran géant, elles voient des publicités et des bandes-annonces. Entre-temps, elles parlent des petits matériaux insignifiants de la vie ordinaire. Elle a rangé son appartement, découvert un nouveau shampooing, son mémoire est presque terminé. La mère sent les cheveux qui viennent d'être lavés, aimerait quant à elle ranger la remise, le grenier, mais elle a tant d'obligations au programme qu'il vaut mieux qu'elle pousse quelques soupirs et s'étire. La mère a des pensées perturbantes : pourquoi ne me fait-elle pas lire son mémoire, pourquoi est-ce que je ne lui dis pas que je n'en peux plus, qu'en fait je voudrais démissionner de mon travail ? Leurs épaules viennent se frotter l'une contre l'autre quand le film commence vraiment, comme si quelqu'un allait raconter une belle histoire et qu'elles s'apprêtaient à l'écouter ensemble pendant une heure et demie sans rien devoir faire.

Le film, une comédie dramatique plaisante sur un vieil homme fruste qui parvient finalement à trouver sa place dans la relation avec une serveuse au grand cœur, est distrayant, spirituel et bien fait. La mère et la fille sursautent quand quelqu'un reçoit une gifle et rient quand l'homme, furieux, injurie un minuscule petit chien. Elles restent assises pendant le générique de fin, par respect pour toutes les personnes qui ont fait de leur mieux, estime la fille. La salle s'éclaire progressivement.

Dehors, la nuit est tombée. Dans le restaurant au coin de la rue, elles commandent de l'agneau. Dans la purée de pommes de terre, une herbe vert foncé a été hachée.

"De la coriandre fraîche, tu devrais faire ce genre de purée toi aussi. C'est vraiment délicieux."

La mère voit la fille manger et se réjouit de l'appétit qui lui vient naturellement. Pas de crainte de grossir, pas de méfiance vis-à-vis de ses propres impulsions. Après le dîner, elles allument toutes les deux une cigarette. Cet aspect-là est moins réjouissant, la mère le sait, elle a donné, elle donne un mauvais exemple qui a des conséquences néfastes. Elles prennent un autre café, la fille mange tous les petits biscuits qui l'accompagnent. Puis vient l'addition, on enfile les manteaux. On se dit au revoir.

"La prochaine fois, on va au concert ? demande la mère. Les *Variations Goldberg* dans la petite salle, dans une quinzaine de jours. Si tu as le temps.

— On s'appelle", dit la fille. Elle est penchée sur son vélo pour ouvrir l'antivol. Quand elle se redresse, elle tourne la tête brusquement vers la mère.

"J'en ai envie, tu sais ! Je veux dire qu'il faut qu'on s'appelle pour se dire quand exactement."

Elle voit ce que je ressens, pense la mère en regardant le dos de sa fille s'éloigner et en faisant un geste d'adieu dans l'obscurité pour rien, à l'intention de personne. Je dois me maîtriser, cela ne va pas de soi qu'elle ait envie d'aller partout avec moi. Je dois la laisser libre. Ne pas lui faire remarquer l'effet que cela me fait. Pourquoi au juste ? Ne faut-il pas qu'elle sache que j'ai plaisir à sortir avec elle ?

Elle hausse les épaules et cherche dans la poche de son manteau le ticket du parc de stationnement.

Quand elle a trouvé sa voiture, elle s'assoit à l'intérieur et pose sa tête sur le volant. L'une à côté de l'autre, se dit-elle, comme autrefois sur le canapé. Elle était trop grande, à vrai dire, elle avait peut-être dix-sept ans déjà, mais elle venait se blottir contre moi et me laissait poser mon bras autour d'elle. Elle portait un pyjama en éponge doux. Nous regardions devant nous la télévision qui n'était pas allumée. Nous étions assises là, comme ça, ensemble. Peut-être avait-elle une appréhension à l'idée de la journée du lendemain au lycée, peut-être avais-je une appréhension de la voir grandir et bientôt quitter la maison – je ne sais pas. Nous avions chacune des pensées graves et nous nous appuyions l'une contre l'autre sans les exprimer.

*

La musique perturbe et trouble la conscience ordinaire du temps, pensa la femme, mais on peut le supporter parce que cette même musique vous place dans une structure claire. Je cherche une solution au temps qui s'écoule impitoyablement et la structure qui me sauve me met le nez dans sa finitude. Il faut que je reste assise sur ce tabouret de piano jusqu'à ce que je tombe de fatigue.

Il n'y a pas si longtemps, elle se promenait dans une ville de province en Allemagne, elle était au bord de la mer, probablement à Kiel. Dans la rue principale, il y avait un magasin de musique à la vitrine décorée. Sur les pupitres étaient posés des écriteaux en carton où l'on avait calligraphié des citations de compositeurs célèbres sur "l'essence" de la musique. Elle s'était arrêtée, elle en avait pris connaissance machinalement. Au moment de se retourner pour s'éloigner, elle avait vu sur le sol de la vitrine un papier qui était tombé. Elle s'était penchée pour lire ce qui était écrit dessus : "La musique rétablit l'ordre dans le chaos, à savoir la relation de l'être humain au temps." Elle avait sorti son agenda pour noter ces mots. Igor Stravinski. L'idée qu'elle était en train de rétablir quelque chose en s'exerçant avec entêtement et persévérance au piano n'était pas pour lui déplaire. Pourtant, cette déclaration ne lui paraissait pas vraiment réconfortante, elle lui donnait plutôt l'impression qu'elle était mise en face de ses responsabilités – par le directeur du conservatoire, par Stravinski lui-même ? Les lunettes du compositeur étaient relevées haut sur son front, au-dessus de son long visage avec ses lèvres aux commissures baissées. Il la regardait d'un air désapprobateur. "Si vous n'apprenez pas à mieux vous comporter vis-à-vis du temps, nous n'avons plus rien à nous dire. Vous n'avez plus rien à faire ici."

La sanction de Stravinski, la belle affaire, pensa la femme. Je vais tous les faire taire. Laissez-moi en paix, laissez-moi jouer ce canon.

Contrairement à son habitude, elle se mit à jouer la gamme de *sol* majeur. Dans le même sens, en sens contraire, en tierces, en sixtes. *Staccato* puis au contraire *legato, forte, piano, crescendo, decrescendo*. En octaves, dans un fracas étourdissant. Puis un exercice de Brahms, une succession de secondes, *pianissimo*, en bougeant le moins possible les doigts. La variation 28 était posée devant elle sur le piano à queue. Des trilles transcrits. Au-dessous une basse bondissante suivant le schéma familier des accords. L'auriculaire de la main qui jouait le trille frappait à chaque temps une note en haut puis une en bas. On pouvait difficilement éviter que les trilles ne soient pas trop forts. Elle cessa de les jouer et se concentra uniquement sur la basse et sur les doubles croches frappées à la volée, espérant qu'il en ressortirait une sorte de mélodie qu'elle pourrait percevoir. Dès qu'elle recommença à ajouter les trilles, l'affaire se troubla. Le rythme n'allait pas, il fallait qu'il soit plus rapide, mais dans ce cas le son était trop fort, incontrôlé, et elle frappait à côté lors des grands sauts.

Elle se sentait incompétente, comme si elle devait s'approprier un nouvel idiome musical, un exercice dont elle aurait dû être capable depuis longtemps déjà, mais qu'elle ne maîtrisait pas. Elle aurait dû écouter un CD, entendre d'autres interpréter cette variation. Mais comme elle n'entreprenait rien dans ce sens, tel n'était manifestement pas le but. L'important était ce qu'évoquait en elle cette musique, et en elle uniquement.

Et en Bach lui-même qui, de toute évidence, cherchait à atteindre un sommet dans ce morceau virtuose. Les *Variations Goldberg* étaient presque terminées. Il n'avait plus qu'à en composer trois. Que restait-il encore à dire en aussi peu d'espace ? Trop, trop de choses. La musique craquait de toutes ses jointures, les notes se bousculaient sur les portées et les trilles vibraient à travers le tout. Quel effet pouvaient-ils produire sur un clavecin ? Comme si on secouait un casier de cuillères et de fourchettes. Un bruit dans lequel on distinguait à peine une note. Il faudrait en extraire la mélodie en ralentissant le rythme, ou par des inflexions agogiques. C'est ainsi que s'y prenaient les clavecinistes. Fallait-il en faire autant au piano ou pouvait-on s'en sortir par les attaques des notes, ou avec la pédale ? Quand on utilisait les possibilités pianistiques, on était un fraudeur, d'après Kirkpatrick.

Ce qu'elle était en train de faire n'avait rien à voir avec l'exécution du morceau. Elle s'exerçait, elle se livrait à une sorte de gymnastique des doigts et des poignets et retardait par là même le moment de jouer vraiment. La technique n'était jamais assez bonne, on pouvait continuer indéfiniment à s'entraîner sans jamais se lancer dans la compétition. La compétition ? Il était question ici de mener un combat, la musique témoignait d'une tension extrême. Quelque chose en dépendait, c'était l'impression qu'on avait. Il s'agissait de gagner ou de perdre, c'était une victoire pour laquelle il fallait beaucoup se battre, un triomphe.

Avant qu'elle puisse l'exprimer en sons, il y avait encore fort à faire. Il faudrait qu'elle se libère des chaînes d'une authentique exécution baroque. Bach semblait dans cette variation vouloir arracher les barreaux, sortir, s'échapper des contraintes que lui imposait l'instrument. Que signifiait "authentique" au juste ? De nombreux musiciens d'aujourd'hui semblaient penser qu'une exécution authentique requérait des instruments branlants datant de l'époque où vivait le compositeur. Quand on mettait en doute une telle approche, on n'avait plus son mot à dire. Or ne témoignait-on pas de plus de respect en reliant la notion d'authenticité aux intentions du compositeur, plutôt qu'au bois ou aux cordes auxquels le condamnait son époque ? La recherche de l'intention sous-jacente s'élevait au-dessus des ergotages sur la facture de violons à l'ancienne, le jeu sans vibrato, la flûte toujours fausse, sans clé, et rendait justice infiniment mieux à la musicalité du compositeur.

Seulement voilà : quelle était l'intention de Bach ? Allez savoir. Comment on accordait une viole de gambe à l'époque, quels registres existaient sur un clavecin et comment on exécutait une appogiature, tout cela était décrit quelque part et on pouvait en prendre connaissance. On ignorait en revanche ce que Bach entendait dans sa tête en écrivant ces notes.

La femme pensa soudain à son professeur de piano au conservatoire. Elle lui avait joué une des premières sonates de Beethoven, où intervenait un singulier trio. Des accords s'enchaînant rapidement sans qu'une mélodie se dégage nettement, des nuages de sons s'épanouissant sans raison au milieu d'un sage menuet.

"C'est curieux, non ?" avait dit le professeur. Il était venu derrière elle pour regarder la partition. "Tu sais que les grands compositeurs, les très grands je veux dire, saisissent parfois d'avance la musique qui ne s'écrira que cent ans plus tard ? Beethoven écrit ici dans l'idiome de Debussy. Il m'arrive de me demander qui, parmi les compositeurs contemporains, a un pressentiment du style du siècle prochain."

Elle avait rejoué le trio, en gardant la pédale de gauche appuyée et en utilisant copieusement la droite. A présent, elle repensait à ce que son professeur lui avait dit. Elle avait une haute opinion de lui, c'était un vrai musicien capable d'enseigner à tous ses élèves, indépendamment de leurs talents instrumentaux, comment jouer une belle cantilène. Ses idées sur les dons d'extralucide de certains compositeurs l'étonnaient. Pensait-il que l'avenir était préétabli et qu'on pouvait le prévoir ? Dans Haydn, on entendait déjà Beethoven, dans Ravel Stravinski, mais ce n'était pas une prouesse, il s'agissait dans les deux cas plus ou moins de contemporains. Ce qui était posé en l'occurrence sur le piano à queue était plus singulier : Bach comme le dernier Beethoven, comme Brahms. Beaucoup de temps les séparait et on pouvait se demander dans quel sens l'intervalle avait été comblé. A rebours, pensa-t-elle. Bach n'avait pas vu dans l'avenir comme Cassandre quand il avait conçu cette variation, il avait écrit ce qu'il devait écrire. C'était Beethoven qui s'était tourné vers le passé. Tout comme Brahms, il avait possédé une édition des *Variations Goldberg*. Elle l'imagina jouant sur son propre piano à queue, déjà presque moderne, les variations et faisant ressortir, comme elle-même maintenant, les éléments qui le touchaient. Transformant par la suite le langage de Bach et le mêlant à sa propre manière de composer : en allant chercher les recoins les plus éloignés du clavier, en concentrant une grande violence sous la plus petite forme possible, les trilles, les impitoyables trilles. C'est là qu'étaient nées les *Trente-Deux variations en do mineur* et, plus tard, les *Variations Diabelli*. Il s'était passé pour Brahms exactement la même chose. Le finale de son opus 21 n° 1, les *Variations sur un thème original* en *ré* majeur, prenait ses racines ici, dans ces trilles de mauvais augure d'où émergeait avec difficulté une mélodie presque plus désignée que jouée.

Bach. Elle expérimenta plusieurs rythmes. Elle était irritée car son exécution restait scolaire, bridée, comme si elle battait le rythme du pied. Lâcher du lest, se dit-elle, prendre son envol avec cette mélodie morcelée, s'abandonner. Les mesures se rétrécissaient et se regroupaient deux par deux, un temps fort et un léger ; ses poignets dansaient au-dessus des touches et son buste commençait involontairement à suivre le rythme. C'était une valse ! Une valse folle, désespérée. Ici, on dansait.

*

La porte d'accès à la salle est surplombée, très en hauteur, par un balcon où l'ami d'enfance du fils et de la fille installe divers équipements sonores. Il est coiffé d'une perruque vert vif à bouclettes. Une musique soul assourdissante retentit dans les haut-parleurs. La salle est pleine à craquer de jeunes gens qui ont tous entre vingt-cinq et trente ans, des vêtements satinés et des coiffures bizarres. Un verre à la main, ils se balancent doucement au rythme de la musique et ils parlent.

La mère ne comprend rien de ce qui se dit, ne reconnaît pratiquement personne à cause des curieuses coiffures et parvient difficilement à localiser ses propres enfants dans la foule. Le fils swingue, la tête couverte de cheveux argentés et brillants. Les bras tendus, la fille se dirige, un peu chancelante sur ses hauts talons, vers ses parents. La mère remarque les pâles marques ovales sur la face intérieure des bras bronzés, puis seulement regarde le visage familier encadré d'une perruque d'épais cheveux noirs. Les lèvres de la fille remuent. Elle pousse les parents hors de la salle en direction du porche, où la musique est un peu moins tonitruante. Il y a des fauteuils et des banquettes. "Pour les personnes âgées, dit-elle. Comme cela, vous pourrez vous aussi bavarder un peu et passer un bon moment ensemble. Tu viens, que je te mette quelque chose dans les cheveux ?" Elle colle des paillettes adhésives sur les cheveux de la mère et fixe de petites pinces de couleur dans les mèches.

"Mets tes cheveux en folie, les études c'est fini ! C'est le mot d'ordre. Tu es sûr que tu ne veux pas, papa ?"

Le père secoue la tête et la fille s'y résout sans protester.

"Il doit bien y avoir une centaine de personnes ! Vous êtes allés vous chercher une bière ? Que penses-tu de ma robe ?"

Violette, décolletée, transparente. Le tissu fendu laisse entrevoir les jambes touchantes, maladroites, de la jeune fille. Elle soulève gracieusement les plis de sa robe et fait une révérence. Puis elle part comme une flèche accueillir de nouveaux invités.

La semaine précédente, les deux enfants ont terminé leurs études, *in extremis*, on est en septembre. Différentes orientations, dans différentes universités, la même solidité et le même ton enjoué dans leurs mémoires de maîtrise. Ç'avait été une semaine agitée, entre cafés, restaurants, amphithéâtres et cantines. Le fils avait présenté son mémoire devant un amphithéâtre bondé, tandis que la pluie tombait dehors. Deux jours avant, il faisait encore beau lorsque la fille avait passé son examen. Un vrai, qui durait une heure, dans un réduit isolé par des parois de verre censé passer pour une salle. Comme les rideaux orange devant les parois n'étaient pas bien fermés partout, les membres de l'assemblée qui attendaient dehors pouvaient assister au déroulement de l'examen s'ils avaient le courage d'approcher sur la pointe des pieds et de placer l'œil devant l'interstice.

"Elle est en train de parler, a dit l'amie. La bouteille d'eau est posée sur la table et elle agite les mains comme toujours. Elle rit."

Le père trouve que cela ne se fait pas d'aller regarder. La mère quitte le cercle des personnes qui, pleines d'espoir, ont posé des fleurs et des cadeaux joliment emballés à côté de leurs sièges, et se dirige vers le réduit où a lieu l'examen. Elle est là, l'enfant, face à ses professeurs aux visages graves, portant un pull blanc et d'élégantes bottes sous une jupe soignée. Son visage est un peu échauffé, ses yeux brillent, ses ongles, qu'elle a fait exprès de ne plus ronger depuis longtemps, sont vernis d'une teinte discrète et brillante. Elle a l'air plus jeune que ses vingt-sept ans, pense la mère, trouvet-on toujours ses enfants plus jeunes qu'ils ne le sont vraiment ? Elle s'appuie contre le verre froid et ressent un étrange mélange de fierté et d'angoisse. Comment est-il possible que la fille se tienne là, le dos droit, en train de défendre un mémoire qu'elle a elle-même conçu et écrit ? Cent vingt pages ! D'où lui viennent ces compétences pour affronter ses interrogateurs avec tant de spontanéité et aussi désarmée, comment peut-elle se concentrer ainsi, orienter son regard d'un visage à l'autre, garder le silence, parler, sourire, juste aux bons moments ? Comment peut-elle boire une gorgée d'eau de la bouteille posée devant elle, comment sait-elle qu'elle a soif ?

La mère sent une main sur son épaule et se laisse reconduire par le père vers le cercle d'amis. Attendre encore un peu, regarder les montres et les téléphones, puis la porte de la petite salle s'ouvre. Triomphante, la fille sort d'un bon pas. Derrière elle, son directeur de mémoire, timide, sourit. Visiblement surpris par la quantité de personnes, il ferme la porte.

"Maintenant, ils vont noter ! Ça s'est bien passé ! Je suis si nerveuse, je ne peux rien avaler. Au contraire !" Elle repousse la main d'un garçon qui lui tend un friand à la viande graisseux. Elle lance un regard circulaire aux personnes présentes, elle voit ses amis et amies, les parents et les amis des parents, et va s'asseoir en soupirant, satisfaite, sur une chaise.

Tout s'était remarquablement bien passé, la fille avait obtenu d'excellentes notes et avait eu droit à un gentil discours. La petite bouteille d'eau vide à la main, elle avait fait pour sa part une allocution enflammée à l'intention de son timide directeur de mémoire. Ensuite, tout le monde s'était précipité dehors à grand bruit en direction du café.

Toute la semaine était restée empreinte de cette atmosphère enjouée. Pendant le dîner intime avec les amis des enfants comme des parents, des paroles émouvantes avaient été prononcées et tout le monde s'était senti bien et content. La fille était venue se glisser sur les genoux de la mère ; se serrant dans les bras, elles s'étaient regardées longuement dans les yeux.

Au son de la musique que le garçon aux boucles vertes a choisie, les amis des enfants sautent et dansent dans la salle, en couples, en groupes ou seuls. Le fils, appuyé contre le mur à l'opposé, parle en tenant un gros cigare à la main. La fille l'entraîne vers une table. Les parents, depuis le porche, la voient s'efforcer de monter dessus ; pliée de rire, elle dégringole, elle n'y arrive pas, elle va se débarrasser de son verre et fait une nouvelle tentative, se laisse finalement hisser par son frère.

Les deux enfants dominent la foule. Le disc-jockey aux cheveux verts arrête la musique, un ami du jeune homme tient soudain une guitare dans les mains et s'assied à moitié sur la table. Il joue quelques accords. Une chanson de Rue Sésame, sur la nécessité et le plaisir d'aller à l'école. Les participants à la fête, qui, étant petits, regardaient chaque jour cette émission pour enfants, chantent tous en chœur avec enthousiasme le refrain. Puis le garçon et la fille se regardent et se mettent à chanter à deux voix un morceau de soul déchirant, sur un rythme lent, avec un air grave. Leurs voix s'entremêlent, ils improvisent en décrivant des circonvolutions l'un autour de l'autre. Ils balancent leurs bras levés au-dessus de leur tête, ils ont fermé les yeux. Ils chantent. Ensemble.

Le père a passé son bras sur les épaules de la mère. A la chaleur de son corps, elle sent à quel point il est fier et content. Ceci, se dit-elle de façon incohérente, ceci, ici, cette joie – tu dois t'y abandonner, tu dois y céder. Elle regarde fixement ses enfants, elle plisse les yeux en deux petites fentes pour obtenir une image plus nette, mais l'image devient au contraire encore plus floue, de la fumée serpente devant ou elle est aveuglée par les éclairs des spots disco et la table lui apparaît comme un radeau sur une mer grise, un assemblage de planches impuissant sur lequel les enfants sont debout, chancelants, agitant les bras, partant à la dérive de plus en plus loin hors de sa vue. La perruque, se dit la mère, il faut qu'elle retire cette perruque noire.

Elle se serre plus fort contre le père, elle partage sa fierté, sa joie, mais dessous grandit une panique incompréhensible qui la glace.

Le lendemain de l'obtention du diplôme universi-
taire, le monde entier est ouvert, un éventail de
possibilités quasi illimitées, rien n'est obligatoire,
tout est possible. La jeune fille savoure ce moment,
elle tourne sur elle-même et chaque orientation
de son regard lui offre une perspective nouvelle,
attrayante. Avec son diplôme en poche (en poche ?
où est-il passé ? perdu ? déjà ? non, chez la mère,
dans le placard, pour plus de sûreté), elle peut se
lancer dans n'importe quelle voie. Se reconvertir
pour être institutrice de maternelle. Devenir jour-
naliste. Réessayer une formation de chanteuse.
Travailler dans une maison d'édition. Etre pré-
sentatrice à la télévision. Elle ne sait pas par où
commencer. Les amis créent des agences de communication, obtiennent des emplois à la municipalité, dans des établissements d'enseignement
secondaire, dans des chaînes de télévision. Voilà
son frère soudain devenu diplomate, il se rend
tous les matins au ministère à La Haye, vêtu d'un
costume gris cendre à fines rayures. Elle est fière
et envieuse. Justement au moment où toutes les
voies lui sont ouvertes, elle doit réduire les possibilités et transformer le large cercle en un enton-
noir, une nasse dans laquelle elle va s'engager et
où elle ne pourra pas faire marche arrière. Et d'où
elle surveillera les autres, les autres qui font des

choses extraordinaires dont elle sera jalouse. C'est trop lui demander, elle ne peut pas y arriver.

"Fais des remplacements dans une école, lui dit la mère. Tu disais toujours que tu voulais être institutrice. Reporte ta décision, si tu n'es pas sûre de ce que tu veux.

— Mais dans ce cas, je vais trouver ça bien. Et je serai coincée. Je ne pourrai plus laisser tomber ces gosses !"

L'euphorie de la période des examens se dissipe. L'appartement où vit la fille n'est pas rangé parfaitement, par miracle, du jour au lendemain, mais reste, si elle n'intervient pas, dans le même désordre incommensurable. Elle doit elle-même réparer le pneu de vélo éclaté. Pour gagner de l'argent, elle continue à travailler dans le même restaurant. Elle vient de sauter au-dessus d'un énorme fossé et elle se retrouve de l'autre côté dans le même champ.

La mère observe avec inquiétude cette révolte et ce chagrin. Avec une pointe de culpabilité, également. N'aurait-elle pas dû mieux préparer la fille à la difficulté de vivre, tout simplement ? L'enfant s'est heurtée à suffisamment de problèmes pendant ses études, se dit la mère, affronter de façon autonome cette existence capricieuse a été pour elle un combat quotidien. Elle l'a fait avec ardeur, avec presque trop d'énergie. Après chaque revers, elle a pris la décision d'apprendre autre chose. Des cours de salsa après une déception amoureuse, des cours de bridge pour surmonter les problèmes de son mémoire de maîtrise. Derrière cet engagement dans la perfide réalité, un fantasme puéril a manifestement continué d'exister : tout va s'arranger après l'examen. Ce fantasme est à présent en train de s'effondrer et la mère se retrouve les mains vides.

Elle en discute avec le père. "Si seulement nous pouvions l'aider, dit-elle. Si seulement nous pouvions choisir une carrière pour elle. Et un mari."

L'homme est d'un autre avis, plus calme, plus confiant. "Laisse-la faire. Elle va s'en sortir."

Et c'est d'ailleurs ce qui se passe. La fille s'inscrit dans une agence de travail intérimaire et obtient un emploi dans un bureau, une expérience qu'elle vit à sa façon très personnelle. Elle observe la vie de bureau avec attention et en fait des comptes rendus hilarants. Parallèlement, elle présente sa candidature plus ou moins secrètement dans des maisons d'édition et pour des émissions de télévision et passe tour à tour de la colère au découragement si cela ne donne pas de résultats immédiats. Elle suit une formation intensive de journalisme. Elle se rend trois fois par semaine dans une salle de sport. Puisqu'elle ne peut pas forger sa vie pour lui donner la forme voulue, elle a plaisir à le faire avec son corps. Elle se muscle. Elle a un vélo de course.

Elle met un terme à une relation passionnée avec un ami accablé de problèmes, et le fait de façon adulte et maîtrisée. ("Commence par faire ton travail de façon un peu responsable et suis une thérapie. Nous verrons dans un an où nous en sommes.") La mère, qui n'en revient pas, est impressionnée. Pendant la période de chagrin qui s'ensuit, la fille se laisse conquérir par un homme qui a surgi par hasard et qui au bout d'une semaine, déjà, lui fait peur. Lui faisant naïvement confiance, elle lui a donné ses numéros de téléphone et il sait où elle habite. En pleurs, elle appelle les parents, leur demande de venir la chercher, se cache dans son ancienne chambre d'enfant. Les vacances, avec des amies en Italie, arrivent comme une délivrance, comme une conclusion, comme un nouveau départ.

La variation 29 se raccordait sans transition à la précédente. Le même rythme. Avec les trilles et le rythme insensé de la valse, Bach avait amorcé une poussée qui à présent atteignait son paroxysme. Musicalement, il n'y parvenait pas, comme on aurait pu peut-être s'y attendre, en multipliant les notes d'une durée de plus en plus courte, mais au contraire en les réduisant. Des notes plus longues, un mouvement retenu, une amplification du son.

La femme pensa à Bach assis devant son instrument, enclenchant tous les registres pour produire le plus de sonorité possible, il levait les bras et les baissait l'un après l'autre pour jouer les accords successifs. Il voulait cogner sur le clavier durant ces mesures d'ouverture. Il employait tant de force que les sautereaux sur lesquels étaient fixés les becs qui devaient pincer les cordes se détachaient brutalement. Une corde claquait. Et une autre encore. Par la force on n'obtenait pas grand-chose d'un clavecin. Bach devait maîtriser sa force pour ne pas démolir son instrument. La tension qui montait lentement se manifestait par une douleur dans les épaules.

"Mais que fais-tu donc ? avait demandé Anna Magdalena. Le son est si bizarre. Fais attention de ne pas tout casser."

Il n'avait pas répondu, pas même levé les yeux. Il plaquait violemment les accords, bim, bam, bim, bam, une mesure après l'autre, puis enchaînait précipitamment par des triolets très rapides, joués en alternant les mains à toute allure, descendant dans des profondeurs fracassantes, rauques, où, après la reprise des accords du début, il s'immobilisait au bout de quelques ricochets.

La deuxième partie commençait par des triolets joués à une vitesse vertigineuse, qui aboutissaient à des accords rythmiques plaqués brutalement, suivis par une modulation furieuse en *mi* mineur, le "point faible", la fissure dans la glace – ni charmante, ni plaintive, mais sévère et rageuse. Les triolets, montant à présent par sauts d'octave, s'élançant pour la dernière fois vers le haut avec tant de vitesse, tant de frénésie que la conclusion arrivait comme un furieux coup de fouet en plein visage de l'auditeur. Anna Magdalena avait mis les mains devant ses yeux et retenu son souffle. Il voulait exprimer quelque chose d'impossible, elle en était consciente, mais elle ignorait ce que c'était. Quelle colère devait donc sortir, à quelle injustice s'attaquait-il, d'où venait cet immense désespoir ? Elle avait baissé les mains et regardé son mari. Il était assis devant l'instrument qui lui apportait la plupart du temps tellement de satisfaction, il serrait ses solides mâchoires, il regardait, furieux, les manuels entassés les uns sur les autres. Elle avait honte pour lui, sans savoir pourquoi. Elle avait ouvert la bouche, l'avait refermée et s'était éloignée dans le couloir à petits pas.

Bach se heurtait ici aux limites de son instrument, pensa la femme au piano. En l'occurrence, il aurait bien aimé avoir sous les mains un piano à queue moderne, un puissant Steinway ou un Bechstein aux sonorités rondes comme celui-ci. Un instrument qui restituait ce que l'on y mettait, un instrument qui produisait un son proportionnel à la vigueur avec laquelle on le touchait. Une mécanique qui faisait croître et exploser les sons, un appareil qui pouvait être un digne partenaire face à la masse de muscles qui l'assaillait.

La note était la masse, la note était le poids. On n'avait aucunement besoin de marteler les touches pour être entendu. Quand on frappait les touches depuis une certaine hauteur naissait un son froid, sec. Puissant, mais laid. Tout ce qu'il suffisait de faire, c'était abaisser, laisser descendre. Lâcher. Le poids des parties du corps que l'on avait lâchées déterminait l'intensité de la note réalisée : doigt, poignet, tout le bras, épaules. Le degré de détente déterminait la qualité de la note : pleine, chaude. Les pianistes usant de leur force gesticulaient et leurs mouvements étaient toujours théâtraux, les interprètes au touché maîtrisé étaient immobiles et se contentaient du strict nécessaire.

La femme savait que, du point de vue de la physique, cela ne tenait pas debout. Une touche s'enfonçait, quelle que soit la manière dont on la frappait, le marteau heurtait la corde, un point c'est tout. Sa théorie des sons était, physiquement, une pure illusion, mais pianistiquement une vérité audible. Cette avant-dernière variation exigeait que tout le poids du bras soit présent dans les accords, et la masse des doigts et de la main dans les passages de triolets. Vers la fin du morceau, elle chargea la frappe de plus en plus de poids, jusqu'à ce que le dos et les épaules participent aux derniers accords.

Le son vient du ventre et des jambes, avait dit un jour Sviatoslav Richter de sa voix mélancolique. La femme appréciait qu'il n'ait pas parlé de technique ou de musicalité. Il avait parlé du corps. Jouer du piano était biologique, physiologique, neurologique. On n'avait qu'une idée superficielle de ce qui se déroulait dans son cerveau quand on jouait. On était en train de s'imprégner, de retenir, d'anticiper. On ressentait et on donnait corps. On le savait. Sous couvert d'une activité cognitive et émotionnelle, d'autres processus secrets avaient lieu. Dans la langue, on pouvait saisir des événements, avec leur déroulement concret dans le temps et l'espace, les enrober de pensées et de sentiments. Mais la traduction chimique vous échappait, même si elle se produisait au centre de votre cerveau.

La femme s'était intéressée à la neurochimie du traumatisme. Ce qui se passait dans la vie après une catastrophe provoquait dans le cerveau un bombardement qui détruisait à tout jamais des circuits de la mémoire, des synapses et des connexions. Une catastrophe provoquait brutalement une cascade de cortisol à l'origine d'une destruction sans pareille. On ne sentait rien se passer. On tremblait un peu, peut-être. Comme si on avait reçu un coup. Pas comme si quelqu'un se déchaînait dans votre tête avec des couteaux effilés.

Que pouvait-on faire ? Par où devait-on commencer pour rétablir les connexions perdues ? Etait-il possible de remettre un ordre quelconque dans le chaos provoqué ?

Jouer. Jouer du piano aidait. Par une étude répétitive pénible, en étant aussi attentive que possible, la pianiste blessée tissait les connexions entre les deux hémisphères cérébraux. Chaque jour de nouvelles fibres étaient ajoutées, dans les profondeurs du cerveau, l'hippocampe se développait, le pont caché qui avait été emporté par les flots. Une restauration complète était impossible, n'était d'ailleurs peut-être pas souhaitable. Les destructions qu'avait causées le traumatisme restaient visibles, comme des témoins silencieux. En jouant du piano, on construisait une passerelle, une construction bancale de planches qui vous permettait de circuler parmi les décombres et d'avoir un aperçu du territoire violé.

Avec lenteur et entêtement, la femme étudiait les séquences de triolets. Sans excitation et sans expression, elle s'imprégnait des accords. Le temps s'écoulait sans qu'elle s'en aperçoive.

*

Le plein été, la période des vacances. Les parents sont dans le Nord, le fils est dans le Sud. La fille, rentrée d'Italie, est en ville. Elle parle au téléphone avec la mère qui, en Suède, est assise dans un pré, les jambes relevées, l'appareil plaqué contre l'oreille, les yeux fermés pour se concentrer totalement sur la voix de la fille. La fille fonce sur son vélo de course le long de l'eau, elle est en route vers la maison familiale, elle est fatiguée, elle veut échapper à la ville un petit moment. Il y a eu des invités chez elle qu'elle a dû accompagner dans toutes sortes d'activités, des garçons espagnols qui heureusement ont débarrassé le plancher ce matin. Elle a rangé les chambres et souhaite maintenant être tranquille. Il n'y a pas un souffle de vent, dit-elle, il fait chaud et bientôt le soir va tomber. Elle sent l'eau. Sur les rives du canal vivent des oies, qui sont étendues sur l'herbe comme de grosses boules blanches mais ne l'attaquent pas. Sans y être incitée par la mère, elle se met à parler avec une étonnante franchise de son avenir. Elle va faire pendant un an un remplacement dans l'enseignement, elle a déjà les livres à la maison et, hier, elle a discuté avec la personne qu'elle va remplacer de l'attitude à adopter avec les élèves difficiles. Elle a été acceptée comme bénévole à la chaîne de télévision des hôpitaux, elle va réaliser des émissions, apprendre des choses. Elle a donné sa démission au bureau et elle initie son successeur aux différentes tâches. Demain, elle va faire pour la dernière fois le long trajet à vélo vers le bâtiment où elle s'est sentie si peu à sa place. Une réception a été organisée à la cantine pour son départ, ils vont lui donner des petits cadeaux car elle va leur manquer, ils lui ont même proposé un emploi fixe. Cela l'a aidée, dit-elle, cela l'a incitée à prendre sa vie en main. Elle a l'air satisfaite. Bientôt, à la maison, elle va ouvrir les portes qui donnent sur le jardin, s'allonger sur le canapé, mettre sa musique préférée. Dormir.

Le lendemain, le soleil grimpe haut dans le ciel de l'Europe et éclaire une toile de tente orange en France sous laquelle le fils dort, un petit escalier en bois devant une véranda suédoise où la mère, après un cauchemar, fume une cigarette et regarde fixement les pâles traînées de brouillard entre les sapins, une maison à Amsterdam où la fille sort de son lit pour réduire au silence le réveil qu'elle a posé exprès à trois mètres de distance.

Ce qui va ensuite se passer, la mère l'a reconstitué au fil du temps à partir d'un raz-de-marée d'éléments, dont des objets, des photos, des rapports et des fragments d'images.

La fille jette ses vêtements sales dans un coin de la salle de bains. Elle enfile un short de cycliste et un maillot, elle prend dans l'armoire de la mère une robe d'été convoitée qu'elle range dans son sac à dos. Elle sort son vélo de course et ferme la maison. Il est sept heures et demie. Elle sent le soleil sur ses bras nus. L'eau, les prés, les quartiers périphériques, les rues, une ruelle, la grande place. Feu rouge.

Tribunal d'Amsterdam, numéro d'ordre du Parquet 13-030801-01 : … qu'il a, sans s'assurer que la voie était libre, manœuvré son véhicule pour tourner à droite. Quand on lui demande s'il avait mis son clignotant, le prévenu répond qu'il ne sait pas…

Cour d'appel, tribunal de justice, numéro 23-001974-03 : … interrogé à ce sujet, le prévenu n'est pas en mesure de préciser l'envergure de l'angle mort de son camion. Il n'a jamais vérifié…

Rapport du médecin de garde : … lésion cérébrale massive et invasive, ayant provoqué la mort…

Journal télévisé : l'hélicoptère jaune des secours survole la place, descend entre la grande église, le palais, le monument commémoratif de la Seconde Guerre mondiale. Les agents de police forment un grand cercle, ils tendent d'énormes draps blancs en l'air pour empêcher les badauds intrigués de regarder. Un vélo tordu repose sur la chaussée.

Le soleil éclaire d'une lumière vibrante les façades, il fait encore frais mais la journée va être chaude. Les rayons du soleil chauffent les pavés irréguliers, ingénieusement posés, qui recouvrent la place, effleurent les visages épouvantés des témoins, caressent la jeune femme étendue là, les jambes nues dans la position légèrement écartée de la mort.

Il est huit heures et demie.

La femme, enchaînée à son piano à queue, songea au danger des voyages. En territoire étranger, on perdait ses repères et le contrôle de soi ; loin de sa maison, on n'avait aucune idée de ce qui se passait dans le lieu habituel qu'on avait quitté.

En 1720, Bach était parti en voyage à Karlsbad pour donner des concerts devant le prince en cure dans cette ville d'eaux. Des petites vacances : des promenades dans le parc, des bières avec des collègues et l'occasion chaque jour de jouer d'anciennes et de nouvelles compositions. Il était rentré chez lui détendu, chargé de cadeaux, se réjouissant à l'idée de joyeuses retrouvailles avec sa famille.

Quand la porte d'entrée s'était ouverte, il avait senti le destin lui ricocher au visage. Maria Barbara, sa première femme, était tombée malade, elle était morte et on l'avait enterrée pendant qu'il jouait du clavecin dans le salon des curistes. Les rideaux étaient abaissés. La maison était silencieuse. La sœur aînée de sa femme, qui aidait la famille à tenir la maison, avait donné à boire au veuf en état de choc.

Bach avait voulu que viennent auprès de lui ses enfants, leurs enfants, et l'un après l'autre ils étaient entrés dans la pièce. Dorothea, sa fille de onze ans, Friedemann, son fils de neuf ans, et le petit Carl

Philipp Emanuel, qui venait d'avoir six ans. On a certainement dû parler à voix basse, ils ont peut-être pleuré ensemble, et sans doute prié. Où est le petit, a dû penser Bach, nous avons fêté ses cinq ans juste avant que je parte, il est pourtant trop grand maintenant pour faire une sieste l'après-midi, pourquoi n'est-il pas là, sur mes genoux ?

Sa belle-sœur avait haussé les épaules et l'avait précédé à l'étage. Les jupes grises de sa tenue de deuil bruissaient. Dans le couloir, un petit garçon était appuyé contre une porte.

"Il n'y croit pas, avait dit celle qui tenait la maison. Il attend devant la chambre de sa mère qu'elle réapparaisse. Il a vu qu'on la transportait en dehors de la pièce. Pourtant, il refuse d'y croire. Il ne descend pas manger. Il dort sur le seuil de la porte. Je n'ai pas pu trouver de punition, il ne se soucie plus de rien. Friedemann lui apporte du pain."

Bach l'avait écartée d'un geste impatient et s'était approché de son fils. L'enfant l'avait regardé de ses yeux perçants dans son visage pâle, pointu, puis avait détourné la tête. Bach s'était immobilisé et avait laissé retomber ses bras le long de son corps.

Il avait grandi, le petit Bernhard, orphelin de mère. Il avait appris à chanter et à jouer de l'orgue et rien ne manquait à son intelligence. Quand on le comparait au premier fils né du deuxième mariage de Bach neuf ans plus tard, on voyait un enfant prometteur à côté d'un handicapé mental apitoyant. L'enfant talentueux n'avait pas besoin de pitié, il n'en demandait pas, il ne demandait rien. Quand il avait quitté l'école, son père lui avait trouvé un travail comme organiste à Mülhausen et lorsque Bernhard, au bout d'un peu plus d'un an, s'était enfui, Bach était de nouveau intervenu afin de procurer à son fils un emploi ailleurs. Le jeune homme contractait des dettes que Bach payait. Il empruntait de l'argent que Bach remboursait. Il s'enfuit une fois de plus. Et il disparut. Au désespoir, Bach demanda à la municipalité de Leipzig d'ouvrir une enquête. Bernhard restait introuvable.

La nouvelle arriva d'un coin totalement inattendu : l'université d'Iéna annonçait au très honoré maître de chapelle de Leipzig que l'étudiant en droit Johann Gottfried Bernhard Bach avait succombé, juste après son vingt-quatrième anniversaire, à la fièvre des marais et que, conformément aux règles en vigueur, il était enterré au cimetière des pauvres.

En droit ? Au lieu de jouer de l'orgue ? Étudier plutôt que gagner sa vie ? Bach s'apprêtait à se mettre en colère et entrevoyait déjà de nouveaux créanciers qu'il devrait rembourser, mais il s'effondra sur sa chaise quand il prit conscience du contenu de la lettre. Il n'y avait plus de quoi se fâcher, il n'y avait pas de dettes à acquitter et toute la sollicitude ou l'aide qu'il pourrait proposer ne serviraient plus à rien. Tandis que l'été commençait à Leipzig, Bernhard était passé de vie à trépas à quelques journées de voyage de son père.

Anna Magdalena était une belle-mère consciencieuse, mais elle était très occupée par ses propres enfants. Son plus jeune fils, Christel, avait quatre ans et cherchait déjà à jouer des airs sur le clavicorde. Bach avait l'habitude de le prendre sur ses genoux et de jouer pour lui. Il ne pouvait plus en être question. L'enfant ne le comprenait pas et, furieux, frappait des poings sur le clavier. Bach se retirait dans son cabinet de travail. Il repoussait les questions de sa femme en secouant la tête et refusait à ses enfants l'accès à la pièce où il travaillait. Pendant les repas, il restait assis à table en silence et, le samedi soir, on ne chantait plus en famille.

A son bureau, Bach se penchait sur l'aria que sa femme avait recopiée avec amour dans son cahier de musique. Les poings serrés, il réfléchissait à cet air simple que Bernhard avait aussi beaucoup aimé. Les quelques fois où Anna Magdalena lui avait parlé de l'enfant mort et avait essayé de le consoler, il lui avait imposé le silence. Il devait se concentrer, disait-il, il travaillait à une grande œuvre.

C'est ainsi qu'était née la musique inouïe qui plus tard recevrait le nom de *Variations Goldberg*, censées régénérer l'âme des amateurs de musique, comme l'indiquait la page de garde. C'était un mensonge ; le principal but des *Variations* était de protéger leur créateur de la folie.

Pendant un an et demi, Bach s'enferma avec la musique qui devint un véhicule de son désespoir. A mesure que la fin approchait, il ralentissait son rythme de travail. La structure qu'il avait conçue l'obligeait à une conclusion qu'il ne voulait pas. Il gardait son fils auprès de lui quand il était plongé dans les variations, il ne devenait pas fou de désespoir tant qu'il composait ; il œuvrait à un monument funéraire retentissant pour l'enfant perdu. Il prenait soin de lui. La variation 30 approchait, elle devait devenir une fête polyphonique, un finale triomphant pour conclure la série des neuf canons qu'il avait répartis à travers l'œuvre.

Il essayait de dormir. Il s'allongeait, épuisé, à côté de sa femme. Elle mouchait les chandelles et l'obscurité s'abattait sur lui. Il écoutait sa respiration. Il entendait craquer les lits des enfants à l'étage supérieur. Quand il s'assoupissait, il tombait alors, impuissant, dans les profondeurs d'une terre noire ; il voyait une bande transversale de lumière devenir de plus en plus étroite ; il ne parvenait pas à crier, il avait la gorge nouée. Totalement éveillé, les muscles tendus, il se redressait brutalement. Il s'arc-boutait pour ne plus se perdre dans ces profondeurs terrifiantes. S'allonger de nouveau, s'abandonner à la perte de contrôle du sommeil était impensable. En se levant, il constatait qu'il tremblait de tout son corps. Il se glissait hors de la chambre.

D'où viennent les inspirations ? Du bon Dieu, a dû dire Bach, sans aucun doute, même s'il savait qu'il en allait autrement. Son inspiration pour la dernière variation, le quodlibet, venait du trésor des chansons populaires qu'il avait connues toute sa vie. Les thèmes bourdonnaient dans son esprit et il en traçait les fragments si précipitamment que de l'encre giclait de sa plume. Presque sans bruit, il en murmurait les paroles : "Cela fait si longtemps que je n'ai pas été auprès de toi, viens ici, viens ici..." et il remarqua qu'il gémissait. Les soirées. Avec les enfants autour de la grande table. Les exercices de contrepoint en chantant différents airs qui s'entremêlaient et s'appuyaient les uns contre les autres. A quatre voix. Les petits remorqués par les grands. Bernhard, les yeux brillants, à côté de son frère Friedemann, deux voix claires de ténor qui se placent entre l'alto et la basse.

Bach modelait les thèmes de telle sorte que les schémas harmoniques s'accordent ; il comptait les mesures, il embrassait le tout du regard. Bien qu'il eût fortement envie d'éclater en sanglots, il n'arrivait même pas à expulser la moindre larme. Les mâchoires serrées, il écrivait à sa table.

La femme, qui avait à présent ces écrits sous forme imprimée devant elle, se concentrait sur la conduite des voix. C'était une chanson d'adieu, se dit-elle, et cela s'entendait. Le son ne devrait pas être joyeux, pas espiègle, rapide ou drôle. L'instrumentiste prenait congé des *Variations*, le moment où la partition serait fermée approchait. Un adieu autre, indescriptible, résonnait entre les lignes et les accords. Pour cela aussi, elle devait faire de la place. Pas triompher, mais pas non plus s'enfoncer la tête dans le sable et appuyer sur la pédale douce. Elle voulait traverser courageusement ce quodlibet et rendre justice à chaque note. Nulle part ailleurs dans toute l'œuvre, elle n'avait autant senti la proximité du compositeur. Il lui sembla que Bach la prenait par la main et la guidait pour cette dernière variation. Elle le suivait, sans réserve.

*

C'est la nuit. Dans le couloir est allumée une veilleuse. Les portes des chambres à coucher sont ouvertes. De temps en temps, la chaudière se met à mugir. Il gèle. Dans le salon désert, des patins à glace posés sur des journaux s'égouttent. La mère les regarde, ferme la porte et monte l'escalier. Elle écoute à la porte de la chambre des enfants les petites respirations du garçon et de la fille. Quand elle leur a lu une histoire, plus tôt dans la soirée, leurs têtes s'étaient appuyées de tout leur poids contre ses épaules. Elle les a bordés et embrassés tous les deux. Puis elle a éteint la lumière et elle leur a chanté des chansons dans le noir. Le garçon s'est endormi, tandis que la mère et la fille chantaient encore *Alles in de wind**.

* Chanson néerlandaise contemporaine où il est question d'une petite sœur que l'on perd puis que l'on retrouve.

Ils ont passé la journée entière dehors tous les quatre, sur le grand lac derrière la maison, qui est couvert d'une épaisse couche de glace noire. Le garçon, au comble de l'excitation, a foncé partout sur les patins de course beaucoup trop grands qu'il a empruntés à un jeune voisin. La fille, encore mal assurée après sa fracture de la jambe de l'an dernier, s'est laissé traîner par le père sur une luge. Elle avait aux pieds de petites bottines blanches pour le patinage artistique. La mère l'a hissée des deux mains pour l'aider à se mettre debout et elles ont fait prudemment un tour ensemble. Une voisine est arrivée avec une casserole remplie de lait chocolaté. La glace, qui le matin encore était aussi lisse qu'un miroir sombre, s'est lentement transformée, sous les patins de tous les enfants du voisinage, en une mystérieuse gravure gris et blanc.

La mère met le réveil et se glisse dans le lit à côté du père qui ronfle déjà. Quatre corps sont étendus dans la maison silencieuse, et elle les sent tous pleinement. Elle entend les enfants, même si elle sait qu'en fait c'est impossible. Le garçon grogne un peu dans son sommeil et se retourne ; la fille aspire l'air par sa bouche entrouverte et expire par ses étroites narines. La mère soupire et sombre dans le sommeil.

ARIA DA CAPO

Le crayon avec lequel la femme avait écrit ses souvenirs n'était plus qu'un pitoyable moignon qui n'offrait pratiquement rien à tailler. Elle regarda le bureau. Derrière les larges fenêtres le polder s'étendait sous le soleil. L'eau brillait dans les fossés, entre les murs de terre fumant de détritus remontés à la surface ; sur la petite digue, dans le lointain, des moutons paissaient. Plus près de la maison, deux monstrueuses pintades picoraient çà et là, échappées d'une ferme ou d'un refuge. De temps en temps, elles criaient, sans raison visible. A travers cette idylle de verdure serpentait la petite piste cyclable sur laquelle la fille était partie à vélo. Au milieu de ces gras pâturages, la femme avait vu pour la dernière fois le dos de l'enfant. Elle s'étonnait de l'intangibilité du paysage. L'herbe n'était pas desséchée, le fossé ne s'était pas vidé de son eau. L'anéantissement du pays se produisait uniquement dans sa tête ; dehors la nature se parait de sa plus belle robe : un col en dentelle de persil sauvage le long de la piste cyclable, un cordon de populages jaune vif dans l'eau. Le paysage annihilait tout manque et toute absence avec une cruauté arrogante. La femme savait bien que les gens vivaient la continuation impitoyable des processus de la nature comme une consolation, mais cette progression avait pour elle surtout un goût de refus et d'incompréhension.

La femme fumait. La cigarette était un amant toujours présent qui, à terme, allait très certainement la trahir de manière abominable. Il allait la laisser tomber, mais pour le moment il était à ses côtés et la nourrissait d'une confiance trompeuse. Dans un coin de la pièce, le piano à queue l'attendait. Elle devait appeler l'accordeur, le son avait à nouveau perdu de son éclat et une certaine dureté était revenue se glisser dans le ton, qui annonçait le faux.

L'étude obsessionnelle lui avait permis de savoir jouer les variations, mieux que jamais auparavant, mieux que lorsqu'elle était en bonne santé et complète. Cela aussi l'étonnait, il aurait dû être impossible qu'une pianiste abîmée et amputée puisse connaître sur le bout des doigts cette œuvre compliquée. Elle y était parvenue, en dépit de et grâce à la blessure. Son cerveau endommagé avait réussi à s'imprégner des notes et à distinguer les mélodies. Au rythme de la musique, elle avait chaque jour pu respirer un certain temps naïvement. Par des voies détournées, Bach lui avait donné accès à sa mémoire : chaque variation évoquait des souvenirs de l'enfant, qu'elle notait dans le cahier. Avec méfiance, car les souvenirs sont des mensonges. Avec retenue, car elle ne voulait pas faire de sentiment.

Elle étudiait à présent les variations par groupes pour les faire concorder et les raccorder ensemble. A travers toute l'œuvre on devait pouvoir entendre un battement de cœur constant, continuel. De même que le cœur d'un être humain s'emballait parfois puis retombait dans une lenteur somnolente, le rythme variait dans la série de variations, mais toujours dans la mesure de l'acceptable, physiologiquement et musicalement. Elle enfilait les fragments l'un après l'autre avec une témérité qui ressemblait à une véritable vue d'ensemble. D'où lui venait cette assurance ? La méfiance et elle allaient de pair. Elle avait écrit des tranches de vie imparfaites et elle avait envie que ces éclats s'assemblent d'eux-mêmes. Elle ne faisait guère confiance à sa mémoire ; ce qui était écrit devenait un souvenir en soi, et au bout d'un temps horriblement court l'histoire et les notes se mêlaient et il lui était impossible de distinguer ce dont elle se souvenait vraiment.

Elle n'avait pas le choix. Les souvenirs qui étaient devant elle, auxquels elle pouvait insuffler une vie brûlante, elle ne souhaitait pas les consigner dans toute leur dimension, même s'ils dominaient ses pensées depuis déjà quelques années. La femme grimaça, sa bouche ne formant plus qu'une barre de sarcasme, et elle tapota impatiemment le bout de son crayon sur la table. Des réminiscences de cette nature ne pouvaient qu'être énumérées dans une liste aride, sans commentaire.

Le voyage interminable pour rentrer à la maison, en état de choc total. Les trains, les avions. Les amis attendant en silence dans le hall de l'aéroport.

L'enfant froide.

La maison pleine de monde, un soir après l'autre. Les pourvoyeurs de repas, les scripteurs d'adresses. Les aides.

L'enfant froide.

Les amis de la fille qui pendant des semaines montent la garde sur la grande place. Qui fixent des fleurs et des lettres sur le poteau du feu rouge.

L'appartement de l'enfant. Un morceau de fromage dans le réfrigérateur, une robe jetée sur le lit, une lettre à moitié écrite sur la table.

Le curieux trajet de nuit vers un parking en France pour aller chercher le fils.

La police, le médecin, l'entrepreneur des pompes funèbres. Les conversations téléphoniques avec différentes instances.

L'enfant froide.

Les somnifères. L'incapacité de manger. L'incapacité.

La toilette, l'habillage, les soins et la disposition. La petite couverture, la poupée.

L'adieu.

La levée. Le transfert. Le port. L'installation dans l'endroit où elle va désormais rester.

La prise de possession du cimetière comme annexe au salon. Le trépignement devant la grille fermée après quatre heures.

Elle aurait pu facilement prolonger la liste en y ajoutant des centaines d'éléments.

En définitive, tout s'était arrêté. Mais le cœur perfide continuait de battre. Comme l'herbe continue chaque printemps de ramper sur la terre, comme les boutons aux arbres masquent toujours à nouveau les cicatrices des feuilles tombées, ici et là quelque chose commençait à prendre vie. Involontairement, indirectement.

Infidèle. La femme constata qu'elle ne le supportait pas. Elle maugréait contre les nouvelles façades et les déviations des lignes de tramway. Il fallut des années avant qu'elle ne comprenne qu'il s'agissait là précisément de l'essence de la vie : le changement, le remplacement d'une chose par une autre. Elle ne souhaitait plus y participer.

C'était douloureux de constater l'immensité du manque éprouvé vis-à-vis de la fille, même si la femme l'estimait justifié. Les jeunes, les amis femmes ou hommes, ployaient sous un chagrin qui les freina pendant longtemps et les fit stagner. Ils ne pouvaient pas et ne voulaient pas continuer sans elle. Chagrin.

La femme était presque envieuse ; elle ressentait pour sa part un chaos mouvant qui se composait de manque, de confusion et d'une colère glaciale. Il lui était impossible de maîtriser ses sentiments et ses pensées. Elle s'était tournée vers son piano pour obtenir de l'aide.

Elle avait distribué à des êtres chers les affaires de l'enfant, les chemisiers, les livres, les tasses. Elle utilisait des objets de la fille dans la cuisine et dans la salle de bains. Elle portait parfois son manteau.

Tout était condamné à disparaître. Les photos devenaient peu à peu des images qui ne faisaient qu'évoquer le souvenir en soi. Un jour le manteau serait suspendu dans une armoire, le porte-savon serait perdu, les draps se déchireraient. L'odeur de la fille ne se dégageait déjà plus de ses vêtements, la femme ne faisait que se l'imaginer. Plus tard, quand les parents mourraient eux aussi – ce serait plus tard car pour l'instant elle était encore là, chaque maudit matin de nouveau –, alors les déménageurs emporteraient les vestiges de l'inventaire de la fille pour les déposer dans une décharge.

C'est ce qui la poussait dans les bras du langage.

La musique était pour la femme, tout comme pour un très jeune enfant, le vecteur parfait pour donner forme à son monde intérieur. Mais comme un tout petit, furieux de ne pas être compris par son entourage, décidé enfin de s'approprier les mots, la femme avait fini par s'incliner devant la réalité et s'apercevoir que le manque de force dénotative et de structure narrative dans la musique constituait un frein pour l'expression de son souhait omniprésent de décrire l'enfant. Elle avait été contrainte de recourir au langage. Il n'y avait pas d'autre solution. Le crayon avait été un ami ennuyeux qui certes notait sagement ce qu'elle dictait, mais qui immanquablement anéantissait la plénitude des souvenirs. Elle devait s'en satisfaire.

Les mots étaient un filet pour attraper la fille. A travers les mailles s'échappait presque tout ce qui paraissait vraiment important et elle se retrouvait avec un triste et maigre résidu. Ce qui, devant le piano à queue, paraissait avoir de l'éclat retombait devant le bureau comme une communication sourde, triviale. Cela décourageait la femme. Peu importait, c'était plus supportable que le malheur sans mots à la base de tout cet effort.

Elle s'était arrachée à l'avenir. Jamais elle ne verrait la fille enceinte, devenue mère, avec ses premiers cheveux gris. Le territoire où l'enfant était encore visible était derrière elle. Donc elle se retournait, comme les Grecs de l'Antiquité, gardait le temps dans son dos et se consacrait au travail de traduction. En pataugeant sur son clavier, elle faisait émerger en elle des fragments de la vie de l'enfant, qu'elle transposait ensuite à contrecœur et avec persévérance en langage. Ce qui manquait, elle l'inventait. Pendant tout le processus, elle avait été consciente du caractère répétitif de l'opération. Elle ressassait. La tragédie de la vie de l'enfant se transformait sous les mains de la mère, jour après jour, en une farce effroyable.

Le bras de l'avenir lui serrait le cou mais, là encore, peu importait. Derrière son dos, la vie continuait. Ce n'était pas grave. Elle respirait au ralenti. Cela lui était égal. Il n'y avait pas d'autre possibilité. Il fallait que cela se passe ainsi. Comme elle le faisait.

La partition s'était réduite. Les variations étaient reliées les unes aux autres, se renforçaient, se parlaient et se commentaient mutuellement. A travers toute l'œuvre on sentait le battement d'un cœur en vie. La fin était en vue. Quand la trentième variation aurait retenti, elle devrait jouer l'aria, sans répétition cette fois, comme un regard en arrière sur le tout début. Un résumé. Une conclusion. Un adieu.

Derrière les fenêtres l'été est brûlant. A l'intérieur, il fait sombre et frais. Elle allume la lampe du piano.

"Allez viens, dit-elle à sa fille. Je vais te jouer un morceau. Je l'ai beaucoup travaillé. Ecoute."

Puis s'épanouit l'aria. Les sons de l'ensemble des trente variations vibrent à chaque note ; l'air simple entraîne derrière lui sans peine un cortège de souvenirs. Il se déploie avec une évidence désarmante. Il contient tout ce qu'aime la femme.

L'enfant, debout à côté d'elle, regarde tantôt la partition, tantôt les mains de la mère. La femme sent la chaleur du corps de la jeune fille. Elle n'a pas besoin de regarder, elle sait exactement de quoi a l'air la jeune fille. Juste en dehors du cercle de lumière de la lampe du piano, le visage de la jeune fille flotte dans l'ombre, ses dents brillent entre les lèvres entrouvertes, sa respiration bruit au rythme de la musique.

L'avenir s'est retiré dans le recoin le plus éloigné de la pièce. Dehors, la vie continue son insoutenable progression. Dans un petit monde, détaché de l'espace et du temps, la mère joue un air pour son enfant. Pour la première et la dernière fois. La jeune fille s'appuie contre son épaule.

"C'est notre air", dit-elle. La mère acquiesce et amorce le crescendo des dernières mesures ;

imperturbable, elle fonce vers la fin. A la toute
dernière mesure, elle sautera la reprise et aboutira
sans ornement à la double octave vide.

Dans ce vide se trouve tout. Maintenant elle joue,
maintenant et toujours la femme joue l'air pour sa
fille.

Fine

POSTFACE

En concevant et en écrivant *Contrepoint*, j'ai fait usage d'une quantité de textes. Je citerai ici les trois principaux.

Christoff Wolff : *Johann Sebastian Bach*, Erven Bijleveld, 2000.
Peter Williams : *Bach : The Goldberg Variations*, Cambridge University Press, 2001.
James Gaines : *Een avond in het paleis van de rede* [Une soirée dans le palais de la raison], De Arbeiderspers, 2006.

En ce qui concerne la partition, j'ai travaillé sur les éditions suivantes :

Edition Peters : *Bach, Klavierübung*, vol. IV, Kurt Soldan.
Schirmer's Library : *J. S. Bach, The Goldberg Variations*, Ralph Kirkpatrick.
G. Henle Verlag : *J. S. Bach, Goldbergvariationen*, Rudolf Steglich.

Les fragments musicaux dans ce livre ont été repris de l'édition de G. Henle Verlag.

Quiconque écoute différents enregistrements des *Variations Goldberg* s'apercevra que les exécutions de cette œuvre divergent considérablement. Il en ressort clairement que Bach accorde une grande marge de manœuvre à l'interprète. L'interprétation qui résonne à travers ce livre n'est qu'une des nombreuses possibilités.

Anna Enquist, 2007.

TABLE

BABEL

Extrait du catalogue

Ouvrage réalisé
par l'Atelier graphique Actes Sud.
Achevé d'imprimer
en octobre 2015
par Normandie Roto Impression s.a.s.
61250 Lonrai
sur papier fabriqué à partir de bois provenant
de forêts gérées durablement
pour le compte
des éditions Actes Sud
Le Méjan
Place Nina-Berberova
13200 Arles.

Dépôt légal
1ʳᵉ édition : janvier 2014
N° impr. : 1504497
(Imprimé en France)